Alt BDSM

Bagindgang

Erika Sanders

ERIKA SANDERS

Alt BDSM
Bagindgang
Erika Sanders
Serie
Alt BDSM

Synopsis

Den består af følgende romaner:
    Bagindgang
    Smalt Bagste Hul
    At Opdage Bagindgangen
    Risikabelt Back Bet

Alt BDSM er en historie med stærkt erotisk BDSM-indhold og til gengæld også tilhørende samlingen **Erotisk Dominans og Underkastelse**, en serie af romaner med højt romantisk og erotisk BDSM-indhold.

(Alle karakterer er 18 år eller ældre)

Bemærkning til forfatter:

Erika Sanders er en internationalt kendt forfatter, oversat til mere end tyve sprog, som underskriver sine mest erotiske skrifter, væk fra sin sædvanlige prosa, med sit pigenavn.

Indeks:

ALT BDSM
BAGINDGANG
ERIKA SANDERS

BAGINDGANG

13

FØRSTE DEL
JUBILÆUMSOVERRASKELSE

KAPITEL I

De var bedste venner i gymnasiet. Og de forblev bedste venner lige siden.

Selvom de var voksne, der boede i storbyen, med deres egen karriere og deres eget travle liv, fik de stadig tid til at mødes mindst en gang om ugen på en cafe i centrum, hvor de delte opdateringer om deres liv.

De var stadig klædt i deres kontortøj, mens de snakkede over kaffen.

"Så, mit 5 års jubilæum nærmer sig," sagde Lesley med henvisning til hendes ægteskab med Rob.

Marlene skærpede sit blik. "Du ved, 5 år er en stor sag, især nu om dage. Du ved, hvad det betyder, ikke?"

"Hvad?"

"Det betyder, at du bliver nødt til at skaffe ham noget ekstra specielt denne gang, og også omvendt."

Selvfølgelig var Marlene autoriteten i dette. Hun arbejdede for en datinghjemmeside og var en professionel matchmaker. Hun var også parforholdsterapeut og ægteskabsrådgiver.

Uanset hvor tvivlsom Marlenes karriere forekom for Lesley, var der ingen tvivl om, at den var effektiv. Marlene havde et godt ry for at bringe mennesker sammen og få vanskelige forhold til at fungere. I den store by, hvor de boede, var folk mere end villige til at betale Marlene store penge for hendes vejledning.

"På dette tidspunkt er det svært at få noget godt til Rob," klagede Lesley. "Han er en lav nøgleperson , og han har allerede alt, hvad han vil have."

"Så gør noget særligt. Lav et godt måltid til ham. Hold en overraskelsesfest til ham. Hvad som helst."

"Desværre er Rob en langt overlegen kok, end jeg er. Og han hader overraskelsesfester. Han synes, de er barnlige."

"God sex virker altid," sagde Marlene på en sjov måde og tog en slurk af sin kaffe. "Mænd sætter altid pris på et godt blowjob, når det er muligt."

Lesley rødmede, "Gud, hold det nede, ville du?"

"Se, alt, hvad jeg siger, er, at 5 år er en stor vanvittig aftale. Især i disse dage. Du vil måske tænke på noget særligt."

"Du har ret."

"Jeg har altid ret," blinkede Marlene.

KAPITEL II

Selve rådene var ikke dårlige. Lesley tænkte over det på vej hjem. Da hun klædte af i sit soveværelse, indså hun, hvilken heldig kvinde hun var.

Hun var gift med en fantastisk fyr, hun havde et godt job, og hun havde en vidunderlig gruppe venner at stole på. 33 år gammel havde hun det godt.

Men hvad skulle hun give Rob til deres 5-års jubilæum? Han havde allerede alt, hvad han ønskede. Han var ikke en kræsen fyr. Han var enkel i sin smag. Han arbejdede som forsikringssælger, og i sin fritid nød han sport og hygge med sine kammerater. Det var det.

Normalt elskede Lesley det faktum, at han havde så lav vedligeholdelse, fordi det gav ham mere tid til at fokusere på hendes behov i stedet for.

Nu, mere end nogensinde, ville hun lave ting om ham. Hun ville glæde ham. Og hun var fast besluttet på at få deres ægteskab til at holde.

Hun kiggede i soveværelsesspejlet. Hun holdt sig stadig i ordentlig form. Hun var en atlet i gymnasiet og college, men siden hun blev kontorpige, var det sværere at bevare den samme form. Hun havde taget et par kilo på omkring hofterne og lårene. De fleste mennesker ville ikke have bemærket det, men hun var altid selvbevidst omkring sit udseende og holdt styr på hver ændring, hendes krop foretog.

Tid til at skære et par kulhydrater, tænkte hun.

Ellers så hun godt ud.

Hun smuttede i sit komfortable og afslappede hjemmetøj – joggingbukser og en stor t- shirt . Med det store jubilæum nærmer sig, var det tid til at være en god husmor og forberede aftensmaden.

KAPITEL III

Arbejdet var interessant dagen efter. Lesley arbejdede for et mellemstort reklamebureau, hvor hun kom til at udføre et job, hun elskede. Hun elskede at samarbejde med sine kolleger og være kreativ.

Men i baghovedet kunne hun kun tænke på hendes kommende jubilæum og den samtale, hun havde haft med Marlene.

Da alt var forud for tidsplanen på kontoret, brugte Lesley sin pause til at gå på det private badeværelse for at ringe til sin bedste ven. De gratis forholdsråd var altid velkommen.

Når alt kommer til alt, hvis Lesley havde ret, vidste hun, at Rob må have planlagt noget særligt på egen hånd. Det var nemt at gøre noget særligt for Lesley. Hun havde masser af ting, hun nød, inklusive overraskelsesfester, smarte middage og selvfølgelig dyre smykker.

Jubilæumsgaver var noget, Rob aldrig glemte. Hvert år sørgede han for at skaffe hende noget meget flot. Hvert år formåede han altid at overgå det foregående års gave, og derfor var Lesley nødt til at finde på noget ekstra særligt.

Hun gik ind på badeværelset og ringede ved hjælp af sit hurtigopkald. Heldigvis havde Marlene også fri, og de chattede kort, før de kom direkte til sagen.

"Jeg tror, du har ret," sagde Lesley, mens han sad i badeværelsesbåsen med telefonen i hånden. "Noget romantisk er nok den bedste idé."

"Nu forstår du det. Godt for dig."

"Problemet er, at jeg ikke har nogen ideer."

"Hvad med sexede outfits? Du ved, lingeri, gennemsigtig bh og trusser, den slags."

"Rob ville ikke være til det," svarede Lesley. " Hver gang jeg køber noget sexet, vil han have mig til at fjerne det så hurtigt som muligt. Han kan bare lide nøgenheden."

"Hvad med rollespil? Der er masser af hotte scenarier derude."

"For tarvelig."

"Oralsex?" spurgte Marlene. "Hvor er du med det?"

"Ingen problemer der."

"Sluger du?"

"Det er praktisk talt en vane," svarede Lesley med en antydning af forlegenhed. "Der er problemet, det ser ud til, at vi har dækket alle baserne."

"Hvad med analsex?"

Spørgsmålet stoppede Lesley kold. Hun var forbløffet et øjeblik og i en tilstand af let vantro. Analsex? Var det virkelig svaret? Marlene var eksperten, og hun nævnte det af en grund.

"Det har vi aldrig gjort," svarede Lesley.

Der må have været noget ved Lesleys svar, for tonen i hendes stemme fangede Marlenes opmærksomhed.

Marlene var trods alt en kvinde, der specialiserede sig i dating, forhold og sex. Hun gjorde en succesrig karriere ud af det, hvilket ikke mange mennesker kan.

"Har du nogensinde eksperimenteret med anal før?" spurgte Marlene i en suggestiv tone. "Jeg mener, uden Rob. Har du gjort det med tidligere partnere før?"

Som bedste venner har Lesley & Marlene selvfølgelig diskuteret deres sexliv før, men aldrig så detaljeret. Niveauet af detaljer begyndte at få Lesley til at føle sig utilpas, men hun kunne ikke klage. Det var jo hende, der efterlyste den gratis rådgivning.

"Jeg har aldrig haft analsex før."

"Ikke engang en finger?"

"Jeg har haft en finger," indrømmede Lesley. "Intet mere."

"Virkelig? Hvornår?"

"En eller anden fyr, jeg var sammen med på college?"

Marlene blev fascineret. "Virkelig, college? Hvem var det? Mark? Dave?"

"Det er ikke vigtigt lige nu," svarede Lesley og rystede på hovedet. "Det vigtige er mig og Rob."

"Jeg tror, vi har fundet dit svar."

"Analsex?"

"Ja."

"Sex i min røv?" Lesley bad igen om bekræftelse.

"Det er stort set det samme."

"Og hvordan skulle det fungere til vores jubilæum? Skal jeg bare sprede min røv og fortælle ham, at det er tid til at kneppe?"

"Det er en god start."

"Jeg var sarkastisk," sukkede Lesley.

" Jamen , det var alligevel en god idé."

"Jeg mener det seriøst, Marlene."

"Det er jeg også. Dette behøver ikke at være raketvidenskab. Mænd elsker sex. Nogle gange er det så enkelt. Bær noget sexet lingeri, giv ham et varmt blowjob, og byd din anale mødom. Jeg garanterer, at Rob vil blive forelsket i dig igen. For pokker, han kan endda gifte sig med dig igen."

Lesley var stille et øjeblik. Hendes bedste ven havde en pointe, uanset hvor uanstændigt det så ud til at være.

"Jeg vil tænke over det," sagde Lesley.

"Der er noget, du stadig ikke har fortalt mig."

"Hvad er det?"

"Har Rob nogensinde bedt om analsex?"

"Aldrig," svarede Lesley.

"Tror du, han vil have det? Jeg mener, har han nogensinde masseret din numse? Komplimenterer han din røv? Ser han overhovedet på din numse?"

"Ja, til alt ovenstående. Tror du, det er et tegn på, at han i al hemmelighed ønsker at have røvsex med mig?"

"Det kunne være," sagde Marlene. "Måske vil han det, men han er for genert til at spørge."

"Jeg ved det ikke. Hvis Rob ville have anal, ville han have spurgt."

"Måske vil han ikke skræmme dig. Eller han er bange for, at du måske tror, han er en slags pervers."

Lesley nikkede. "Måske."

"Nu til det sidste spørgsmål, som du heller ikke har nævnt."

"Hvad er det?"

"Har du nogensinde fantaseret om analsex før?"

Gud, det var et godt spørgsmål. En som Lesley øjeblikkeligt vidste svaret på, selvom hun var lidt flov over at diskutere det, selv med sin bedste ven af alle mennesker.

" Selvfølgelig har jeg det," indrømmede Lesley. "Ikke for nylig. Men det har strejfet mig. Jeg tror, det har krydset alle piger på et tidspunkt."

"Hvad har så stoppet dig i alle disse år?"

"Hvad synes du?"

"Fortæl mig."

"Det er ikke kompliceret," svarede Lesley. "For at sige det ligeud, haner er store, røvhuller er små. I mit tilfælde er de små. Så enkelt er det. Det er derfor, jeg nogensinde har taget springet. Jeg er ikke lavet af gummi. Jeg er et menneske."

"Skat, mange kvinder har i disse dage røvsex. Og mange kvinder nyder det, meget."

"Inklusiv dig?"

"Helt klart mig."

Lesley smilede, "Figurer."

"Hvorfor?"

"Du virker som den analsex-type. Ingen fornærmelse."

"Ingen taget," svarede Marlene. "Smerten er orgasmen værd."

"Føles det virkelig så godt?"

"Jeg kunne fortælle dig det. Eller du kunne opleve det selv, på dit jubilæum med Rob."

Lesley standsede et øjeblik. "Hvordan ved jeg, om det er det rigtige for mig?"

"Der er kun én måde at finde ud af det på - spørg ham."

KAPITEL IV

Den aften. Med deres jubilæum kun få dage væk, prøvede Lesley sit bedste for at være den perfekte kone.

Hun havde en flot kjole på og lavede aftensmad efter en opskrift, hun havde lært på nettet. Maden blev naturligvis ikke særlig god, men hun prøvede i hvert fald.

Efter at have slappet af i sofaen foran fjernsynet, var det endelig tid til at gå i seng.

De kyssede lidenskabeligt, og Lesley lukkede lynlåsen op bagpå hendes kjole. Da de forberedte sig på at elske, var emnet analsex konstant i hendes sind. Det var alt, hun kunne tænke på, mens de kyssede.

Hun ville ikke ødelægge overraskelsen, men hun kunne heller ikke lade være. Hun skulle bare vide, om Rob ville synes, det var en god idé eller ej. Det værste scenario ville være at tilbyde analsex på deres jubilæumsaften, kun for at han kunne væmmes. Så ville det være for sent. Natten ville blive ødelagt.

Så hun måtte spørge nu. Hun afsluttede kysset og så sin mand lige ind i øjnene.

"Jeg har tænkt," sagde hun. "Vores 5-års jubilæum nærmer sig, som du sikkert allerede vidste."

"Hvordan kunne jeg glemme?"

"Hvorfor så ikke gøre noget særligt?"

Rob smilede, "Er der noget i tankerne?"

Det var sandhedens øjeblik, og hun forsøgte at fremstå så selvsikker som muligt, da hun fremsatte forslaget.

"Vil du prøve analsex på vores jubilæumsaften?"

Hendes øjne var låst til hendes mands ansigt og ventede på ethvert tegn på reaktion, så hun kunne analysere det. Hun ville kende alle hans tanker og hans åbenhed over for et nyt seksuelt eventyr.

Sikkert nok, gennem de subtile skift i Robs ansigt, så det ud til, at han var interesseret i ideen, og Lesley følte en mærkelig følelse af lettelse, som om hun havde fundet den perfekte gave til deres jubilæum.

"Anal hva? Det lyder interessant. Har du gjort det før?"

Hun rystede på hovedet. "Nej, har aldrig gjort."

"Har det her været noget, du har ønsket dig i et stykke tid?"

"Lang historie," svarede hun. "Men sådan."

Han fortsatte med at smile: "Hvorfor vente? Du ser smuk ud i den røde kjole, og vi er begge i humør. Hvorfor gør vi det ikke nu?"

"Nu?"

Shit, tænkte hun.

Hun var hverken mentalt eller fysisk forberedt. Men hvad er problemet? Hvis Marlene kunne gøre det så let, kunne Lesley også. Som Marlene havde nævnt, gør mange kvinder det i dag.

Det var på tide at stoppe med at være en tøs og endelig miste sin anale mødom.

"Jeg henter vaselinen ," sagde hun med en følelse af selvforagt.

"Er du sikker på, du vil gøre det her? Du ser så...urolig ud."

"Jeg har det godt. Tro mig, jeg har det godt."

Han gned hendes skuldre. "Jeg er okay med, du ved, almindelig sex. Vi behøver ikke at gøre dette, hvis du ikke er tryg."

Lesley tog et skridt tilbage og tabte sin røde kjole på gulvet.

"Jeg mener det seriøst. Jeg har det godt."

Hun var næsten i en robottilstand, da hun greb en lille beholder med nærliggende vaseline og rakte den til sin mand. Så trak hun sine trusser ned og bøjede sig over sengen.

Stemningen føltes pludselig kold og uromantisk, som om hun var på et lægekontor og forberedte sig til en prostataundersøgelse. Mens hun ventede i den bøjede stilling, indså hun, at hendes mand må være blevet forbløffet over kejtetheden, og at hun havde glemt at være forførende omkring deres første analeventyr.

Men det gjorde ikke noget længere. Rob havde glidecremen. Og hendes bare røv pegede udad, klar til at gå.

Lyden af vaselinehættens åbning gjorde hende mere nervøs, end hun havde forventet. Inderst inde mærkede hun de samme nerver, som hun gjorde, da hun mistede sin mødom. Og på mange måder var det det samme. Hun var ved at miste sin mødom igen, bortset fra at denne gang var det mødommen i hendes røv.

Et chok gik op ad hendes rygrad, da hun mærkede Robs vaselinedækkede pegefinger skubbe ind i hendes røv.

"Yikes!" gispede hun.

Robs finger trak sig straks væk fra hendes numse.

"Er du okay?"

"Jeg har det fint."

"Vil du blive ved?" spurgte han.

" Selvfølgelig gør jeg det."

Rob prøvede igen, denne gang lidt mere forsigtigt. Han skubbede sin pegefinger tilbage i hendes numse, og det var den mest ubehagelige seksuelle følelse, Lesley nogensinde havde følt.

Det var så unaturligt og akavet at have en smurt finger i numsen. Værre, det føltes bare usexet.

Da Rob skubbede sin finger helt ind, krummede Lesleys tær på tæppegulvet, og hendes krop spændte.

"Tag den ud," beordrede hun.

Rob trak sin finger væk og gav sin kone et bekymret blik, mens hun stod oprejst.

"Dette var nok en dårlig idé," sagde han.

"Nej, det er en udmærket idé. Det er bare, jeg er ikke forberedt på det lige nu. Det er alt. Vi kan prøve igen senere, på vores jubilæumsaften."

Rob så forvirret ud. "Vil du prøve det igen?"

"Hvorfor? Kan du ikke lide det?"

"Jeg ved det ikke. Vi har ikke engang gjort det. Men du ser så utilpas ud, når min finger var i din numse."

Af en eller anden grund fik det kun Lesley til at føle sig mere fast besluttet på at have analsex med sin mand. Måske var det fordi det ville være første gang for dem begge . Det ville være som at miste deres mødom sammen. Hans pik i hendes numse. Sikke en romantisk tanke, på en meget mærkelig måde.

"Så er det afgjort," smilede hun. "Analsex på vores jubilæumsaften."

"Jeg er seriøs, Lesly, vi behøver ikke at gøre det her."

"Og jeg er også seriøs. Vi gør det her. Jeg har bare brug for lidt mere tid. I mellemtiden, lad os elske på den rigtige måde."

De holdt om hinanden og kyssede.

Lesley var skuffet over sig selv, at hun ikke kunne klare det. Hun anså sig selv for at være en stærk karriere-minded kvinde, der kunne overvinde enhver hindring, men anal? Det var noget uden for hendes rige.

Hun ville bestemt heller ikke stole på Rob, for det kunne være farligt. Der var ingen måde, hun ville stole på sin sarte lille anus til en uerfaren mand med en halvstor pik. Det var udelukket.

Nej. Det hun havde brug for var en ekspert. Nogen der ved hvad man skal gøre i en kritisk situation som denne.

Heldigvis vidste hun lige, hvem hun skulle ringe til.

ANDEN DEL
HENDES SEXY EKSPERTS BEDSTE VEN

KAPITEL V

Næste dag på kontoret var Lesleys sind opslugt af hendes sexliv. Det eneste hun kunne tænke på var sex. Og om hun rent faktisk kunne gå igennem med at tage den op i numsen.

Mens hun sad ved sit skrivebord, skrev hun en sms til sin seksuelt ekspert bedste ven. Da Marlene var fri til at chatte i telefonen, gik Lesley på toilettet for et hurtigt øjeblik af privatliv.

Efter at have foretaget opkaldet og siddet på toiletsædebetræk, spildte Lesley alle detaljerne. Hun fortalte Marlene om den korte samtale med Rob, hans villighed og fingeren, der gik ind i hendes numse. Hun fortalte Marlene om alle hendes følelser vedrørende den personlige sag.

"Jeg kan ikke se, hvordan en normal kvinde kunne klare det?" undrede Lesley sig.

"Det er 2022, skat, mange kvinder er til det."

"Jeg er sikker på, at det bare er for at behage fyren."

"Hold nu op," sagde Marlene. "Lad mig sende dig et link. Se det, og ring så tilbage til mig."

"Er det porno?" spurgte Lesley og kendte sin bedste ven.

"Det er det faktisk."

"Skal det sætte en virus i min telefon eller noget?"

"Tvivlsomt. Jeg kigger på den pornoside hele tiden på min telefon, mens jeg skal arbejde, og min telefon er helt fin."

Lesley sukkede, "Send det over."

"Ring tilbage, når du er færdig med at se."

Lesley ventede på linket. Det var kedeligt og ensomt at sidde i badeværelsesbåsen og vente på et pornolink. Det var en trist refleksion over hendes personlige livs tilstand.

Endelig kom der tre links.

Lesley åbnede den første, som var et link til en pornoside. Videoen var et kort professionelt udført klip, som viste en kvinde, der blev kneppet i sin anus af en kæmpe pik. Hun sprang hurtigt frem gennem den og så kun hoveddelene.

Den anden video havde det samme indhold.

Den tredje video var meget den samme.

Hun følte en lille forlegenhed, da hun sad i badeværelsesbåsen i sit kontortøj og så porno på sin telefon, da hun skulle arbejde. Hun plejede at brokke sig, når mænd gjorde det, nu gjorde hun det samme. Hun havde i hvert fald en legitim grund til det, mente hun.

Efter at have skimmet de pornoklip igennem, ringede hun tilbage til Marlene.

"Hvad troede du?" spurgte Marlene, da hun besvarede opkaldet.

"Jeg mente normale kvinder. Det er pornostjerner."

"Hvad er forskellen?"

"Pornostjerner er kunstnere," forklarede Lesley. "De er skabt til sex. Det er alt, hvad de gør. Og de kan bruge hele dagen på at komme i form og forberede sig til sex. Jeg er kontoransat. Det er anderledes."

"Okay. Vent. Ring til mig om et par minutter. Lad mig først vise dig noget andet."

"Vent ... vent ..."

Opkaldet sluttede, og Lesley sukkede. Hun ventede tålmodigt, til sidst ankom to led fra Marlene.

Lesley klikkede på den første. Det var fra den samme pornoside, bortset fra at denne gang indeholdt et normalt par i stedet for pornostjerner. Lesley så på, mens en almindeligt udseende husmor modtog analsex i sit soveværelse af en mand, formentlig hendes mand.

Den næste video lignede. Den indeholdt en almindelig (lidt nørdet) studerende, der fik en anal orgasme, takket være en fyr fra college-fodboldholdet.

Lesley var ikke fremmed for porno. Hun har set softcore-ting på kabel med sin mand. Nogle gange så de hardcore porno ved at bestille det on-demand for at pifte deres sexliv op.

Men hun havde aldrig set amatørporno før. Det var mærkeligt at se "normale" mennesker kneppe. Det var som at være en voyeur i deres sexliv. Det var endnu mere surrealistisk at se videoerne af de "normale" kvinder, der havde analsex og elskede det.

Lesley forstod meningen med videoerne og ringede tilbage til sin veninde.

"Okay, jeg forstår det," sagde Lesley. "Normale kvinder kan også gøre det."

"Og du er en normal kvinde, ikke?"

"Sidste gang jeg tjekkede."

"Hvorfor kan du så ikke gøre det?"

Lesley sukkede, "Jeg har ikke en anelse."

"Undskyld, at jeg lyder som en nedladende tæve. Helt ærligt, på dette tidspunkt har Rob nok ret. Måske prøve noget andet? Spørg ham, om han har andre feticher. Der må være noget."

"Jeg vil hellere holde mig til hele det anale."

Marlenes forholdsfølelse startede. "Virkelig. Hvorfor er det det? Nu begynder jeg at tro, at en del af dig faktisk ser frem til det her, uanset hvor hårdt du prøver at bekæmpe det."

"Jeg synes, det er varmt. Mit gæt er, at Rob også synes, det er varmt. Og ærligt talt er jeg lidt nysgerrig. Jeg har altid været lidt nysgerrig. Det er den ene del af min krop, som jeg ikke har udforsket seksuelt. Så det ville være rart at se, hvad balladen går ud på."

"Det lyder som om, vi har en vigtig mission foran os."

" Så du er villig til at hjælpe?"

" Selvfølgelig er jeg det," svarede Marlene. "Der er ingen måde, jeg nogensinde kommer til at savne det her."

"Noen ideer til, hvad man skal gøre?"

"Faktisk har jeg masser af ideer. Jeg har aldrig fortalt dig det her, men jeg er også sexterapeut, udover de parforholdsråd, jeg giver."

"Nu er det ikke tid til vittigheder."

"Jeg er dødseriøs," sagde Marlene med en ubestridelig fasthed.

Det var nok til at overbevise Lesley. "Okay, hvordan starter vi, hvis jeg antager, at jeg kan bruge dit sexråd gratis."

"Min betaling er at se dig få en kraftig anal orgasme. Med andre ord, jeg skal være der og deltage, okay?"

"Vil du lege med mit røvhul?" spurgte Lesley vantro.

"Uh huh."

"Er det her en slags lesbisk ting? Eller er dette udelukkende baseret på vores mange års venskab?"

"Begge."

Lesleys øjenbryn løftede sig. "Okay, det er slet ikke mærkeligt."

"Det her handler om dig, okay? Vil du have min hjælp eller ej?"

Lesley trak vejret. "Jeg gør."

"Så lad os komme lige til sagen, skal vi?"

"Okay. Hvordan ville du normalt gå videre med det her? Jeg mener, hvis jeg var en klient, en totalt fremmed, hvad ville du gøre med mig?"

"Det kommer an på, hvad du vil tillade," svarede Marlene. "Måske ville jeg mødes med dig en-til-en til et lynkursus om anal. Eller måske ville jeg lave en parsession, hvor jeg ville hjælpe din mand med at gøre krav på din ryg."

"Dig, mig og Rob, på samme tid? En trekant?"

"Det er en gangbar mulighed."

"Virker det normalt?" spurgte Lesley.

" Hver gang . Men jeg screener dog omhyggeligt. Det skal være det rigtige par. Kun mennesker, der er seksuelt sikre på sig selv og deres forhold. Når alt kommer til alt, som sexterapeut & rådgiver er det sidste, jeg vil gøre, at slå en kile ind mellem parret. Jalousi er en meget farlig ting."

"Interessant."

"Noen tanker indtil videre?"

"Rob har altid joket med at have en trekant. Desuden ved jeg, at han synes, du er meget smuk."

"Læner mig mod den trekant, jeg ser," sagde Marlene legende.

"På en måde."

"Hvis det får dig til at føle dig bedre, er det teknisk set ikke en trekant. Husk, jeg ville være i en assisterende rolle. Det betyder, at jeg ville forberede din anus til penetration, og Rob ville klare resten."

"Det lyder faktisk ret varmt."

"Åh, det er det," svarede Marlene.

"Ville du dog i virkeligheden lave noget med Rob?"

"Jeg vil ikke kneppe ham, hvis det er det, du er bange for."

"Hvad så?" spurgte Lesley.

"Som jeg sagde, vil jeg forberede din anus. Jeg smører dig og begynder med lidt let udstrækning. Så, for at sige det ligeud, vil Rob kneppe dig lige efter."

"Lyder...tja...eventyrligt."

"Det er det," indrømmede Marlene. "Men jeg bliver måske nødt til at røre Rob lidt, hvis det er nødvendigt. Jeg fører hans penis inde i din anus for at sikre, at det ikke er for smertefuldt. Anal penetrering kræver en fuldstændig erigeret penis, så hvis han ikke er oprejst nok, kan jeg evt. er nødt til at stimulere ham på en eller anden måde. Mest sandsynligt med min mund."

" Så du vil give min mand et blowjob?"

"Kun hvis det er nødvendigt."

"Det er betryggende."

"Hej, du ringede til mig. Glem det ikke. Jeg hjælper dig på den eneste måde, jeg ved hvordan. Ud fra mine rekorder gør jeg et godt stykke arbejde med det her."

Lesley sukkede: "Tak, seriøst. Jeg mener det, du er den bedste."

"Tak mig ikke endnu. Du kan takke mig efter din første anale orgasme."

"Alt dette lyder som den perfekte seksuelle oplevelse til et jubilæum. Men jeg må indrømme, det er meget skræmmende."

"Det er det altid. Og det er ikke for alle."

"Jeg vil gerne prøve det," sagde Lesley. "Jeg er interesseret. Det er jeg virkelig."

"Du skal være absolut positiv, ellers kan vi ikke gå igennem det. Vores venskab er for vigtigt. Jeg ville aldrig ødelægge dit ægteskab."

"Så bliver jeg nødt til at spørge Rob og se, hvordan han vil have det med det her."

Marlene lo, "Hvad vil Rob sige? Nej? Selvfølgelig vil han klare sig fint med det her. Han vil ikke kneppe mig. Han vil kneppe dig."

"Sandt, men alligevel må jeg hellere ringe til ham og høre, hvad han synes."

"Jeg har en bedre idé."

"Som er?"

"Jeg ringer til Rob," sagde Marlene. "Jeg finder ud af tingene med ham, så vil det være en slags overraskelse for dig. Jeg vil ikke have, at du bliver ved med at stresse over dette. Den første regel for analsex er at slappe af. Og det inkluderer mental afslapning ."

"Det giver mening. Så vil du ringe til ham nu?"

"Ja, og jeg skal bruge en ting mere fra dig."

"Hvad er det?"

"Jeg skal bruge et billede af, hvad jeg arbejder med," sagde Marlene. "Send mig et billede af din bare numse, og et klart billede af din anus. Lige nu."

"Du vil have, at jeg begynder at sexting på arbejdet?"

"Det er ikke sexting," insisterede Marlene. "Det er en forudgående forberedelse til en vigtig og delikat medicinsk procedure, der involverer dit ægteskabelige helbred og seksuelle velvære."

"Marlene, det er sexting."

"Kald det hvad du vil. Jeg har brug for de billeder for at bestemme, hvordan jeg skal fortsætte med den anale proces."

"Med andre ord, du vil gerne vide, hvor lille min anus er," forklarede Lesley spøgefuldt.

"Nemlig."

"Okay," sukkede Lesley. "Jeg sender det om et øjeblik."

"Perfekt. I mellemtiden vil jeg ringe til Rob for at finde ud af detaljerne. Jeg har en god fornemmelse af dette."

" Det gør jeg også. Det her er langt den kinkieste og skøreste ting, jeg nogensinde har gjort, men af en eller anden grund tror jeg, det kommer til at fungere."

"Det er fordi jeg er ekspert i det her," beroligede Marlene.

De to venner sagde deres afskedsord, og opkaldet sluttede.

Lesley rejste sig fra toiletsædet og kiggede længe på sig selv i spejlet. Hun havde aldrig taget nøgenbilleder af sig selv før, men hvis der nogensinde var en god grund til at gøre det, så var det det.

Hun fjernede sin kontornederdel og trusser og placerede dem på en bordplade. Hun stod kun i sin tilknappede top og sko. Hun var nøgen fra taljen og ned. Moderigtigt set var det en meget mærkelig kombination at se sig selv sådan, især på kontorbadeværelset alle steder.

Efter at have vendt sig om, vendte hendes røv sig mod spejlet, og hun pegede også sit telefonkamera mod spejlet. Hun tog et snapshot af sin røvrefleksion, og det var officielt det første nøgenbillede, hun nogensinde havde taget.

Dernæst kom det mere akavede billede. Hun tænkte på, hvordan hun skulle tage et billede af sin anus, og kom så med løsningen. Hun krøb sammen og lagde telefonen mellem sine ben, under kroppen. Da hun var i den rigtige position, tog hun øjebliksbilledet.

Hun stod oprejst og så på billedet af sin anus. Det var første gang, man så det så tydeligt. Hun bemærkede den lysebrune farve, form og linjer i hendes anus. Det så bestemt lille ud, og det ville blive en udfordring at tage Robs pik derind. Heldigvis vidste Marlene, hvad hun skulle gøre.

Lesley sendte de eksplicitte billeder til Marlene, og pludselig blev situationen taget til et helt nyt niveau.

KAPITEL VI

Den aften, da Lesley og hendes mand hyggede sig foran fjernsynet, kunne hun kun tænke på den anale knep, hun snart ville modtage, og hvordan Rob havde det med det.

Selv med al handlingen på Game of Thrones , som er Robs yndlings-tv-show, blev Lesley ved med at spekulere på de samme ting. Især da hverken Rob eller Marlene havde nævnt noget. Lesley spekulerede på, om Marlene overhovedet havde ringet til Rob eller ej. Der var kun én måde at finde ud af.

"Har Marlene ringet til dig tidligere i dag?"

"Ja," sagde Rob med en usædvanligt genert tone.

"Og?"

"Og jeg tror, du får en særlig godbid," sagde han med et svagt smil, som han tydeligvis forsøgte at holde tilbage.

Lesley var semi-ticket af, at hun blev efterladt i mørket med hensyn til resultatet af hendes egen bund. Hun havde brug for svar, og det var tydeligt, at hverken Rob eller Marlene ville give nogen.

"Kan du i det mindste give mig en forsmag? Hvad skal jeg forvente?"

"Jeg lovede, at jeg ikke ville sige."

"Er du helt sikker på det?" sagde Lesley med en overdreven forførende stemme, som om det ville virke.

"Jeg er absolut positiv."

Lesley lavede en sexet stemme igen. "Vær venlig, skat? Jeg vil gøre det med min tunge. Alt du skal gøre er at give mig et hint."

"Jeg kan vente," smilede han. "Bare stol på mig. Marlene har noget særligt i vente til os."

"Det tror du?" Lesley svarede med sin normale stemme.

"Det er jeg. Hun gav mig adskillige tips over telefonen. Og hun fortalte mig, hvad hun planlægger at gøre med dig. Jeg tror ærligt talt, at dette vil tilføje noget særligt til vores sexliv. Noget, vi aldrig har gjort før."

Det var mildest talt spændende. Inderst inde slog lidt jalousi ind.

"Vil du også kneppe hende?" spurgte Lesley i en blød feminin tone.

Han klappede hendes lår. "Selvfølgelig ikke. Vær ikke dum."

"Hvad er så den store hemmelighed?"

"Det finder du ud af hurtigt nok," svarede han og pegede derefter på fjernsynet. "Du går glip af de bedste dele."

Med det fokuserede Rob sin opmærksomhed tilbage på tv'et. I mellemtiden holdt Lesley sit mentale fokus på sin snart ømme bagdel.

TREDJE DEL
FØRSTE GANGE

41

KAPITEL VII

Det var en lørdag formiddag, hvilket betød, at ingen af dem skulle på arbejde.

Lesley fulgte instruktionerne, som Marlene havde sendt til hende aftenen før. Instruktionerne handlede hovedsageligt om renlighed og skønhed.

Hun tog et dejligt langt sæbebad. Der var særlig vægt på at rense hendes anus og endetarm. Lesley fulgte de særlige instruktioner i bruseren. Faktisk gjorde hun det to gange for at være sikker.

Efter bruseren sad Lesley foran sit kommodespejl med et udvalg af skønhedsprodukter. Hun tog sig tid til at få sig selv til at se mere ønskværdig ud, end hun allerede var. Der var lige stor vægt på hendes hår.

Da hun var færdig, var den professionelle kontorpige for længst væk. Det var den nye, analvenlige Lesley. Og hun så så smuk ud som altid.

Hun toppede sit udseende med matchende hvide bh og trusser, efterfulgt af en hvid negligé.

Alt, hvad hun gjorde, var ifølge Marlenes råd i e-mailen.

Apropos det ringede det på døren. 10 om morgenen. Lige til tiden.

Lesley og Rob gik for at åbne hoveddøren sammen. Der stod Marlene, den seksuelt oplyste parforholdsterapeut, med en frækt frisure og to indkøbsposer.

Marlene holdt poserne op og smilede: "Er vi klar til at begynde?"

Pludselig blev det, der så ud til at være en almindelig lørdag morgen, til begyndelsen på noget særligt.

KAPITEL VIII

Parret ventede spændt i deres soveværelse, mens Marlene forberedte sig på badeværelset. En af taskerne Marlene havde med var til hendes specielle outfit. Hun kunne trods alt ikke gå ud offentligt klædt som om hun var klar til et analt møde.

Men det rejste spørgsmålet, hvad var der i den anden pose? De ville finde ud af det hurtigt nok.

Da badeværelsesdøren åbnede, blev både Lesley og Rob chokerede over at se Marlenes forvandling.

Marlenes fritidstøj var helt væk. I stedet var hun barfodet i en rød negligé, der ligner den, Lesley havde på. Marlene fik også lavet sin make-up glamourøst, og hendes hår blev også stylet.

"Er vi klar?" spurgte Marlene og lavede en legende sexet stilling.

Lesley var lidt jaloux på sin bedste vens skønhedshemmeligheder og fitnessrutine. Hun lavede en mental note for at bede om tip senere.

"Klar som det kan være," sagde Lesley.

Rob var enig.

"Det første skridt er at se delen," sagde Marlene. "Det har vi selvfølgelig allerede gjort sammen med den nødvendige rengøring. Nu er næste skridt, at du skal blive godt tilpas, og at jeg skal løsne dig."

Lesley mærkede hendes kusse rykke.

"Jeg er klar."

Marlene så sig omkring i soveværelset. Så lagde hun et håndklæde på parrets ægteseng og spredte det pænt.

"Før du lægger dig på sengen," sagde Marlene. "Du spekulerer sikkert på, hvad der er i den anden taske."

Lesley nikkede. "Jeg har en ret god idé."

"Det er analsættet, vi skal bruge."

"Lyder skræmmende."

Marlene rakte i posen og rakte en lille lyserød dildo frem. "Ikke rigtig. Det er for det meste et par småting og masser af glidecreme. Nok til at gøre dig klar til Robs penetration bagefter."

"Jeg begynder at mærke sommerfugle i maven."

"Så må vi hellere komme i gang."

Lesley & Rob gav hinanden et stort, langt kram, efterfulgt af en række kys på læberne. Det var næsten som at sige 'farvel'. Men faktisk var det imødekommende af noget nyt i deres forhold.

"Trusser af," sagde Marlene.

Lesley rakte ned og trak sine trusser af og smed dem væk. Hun var nøgen fra taljen og ned, med den tynde negligé, der dækkede bunden og kusse, men det ville ikke vare ret længe.

Hun kom på sengen præcis som Marlene havde instrueret. Med knæene på håndklædet, og hendes ansigt presset på sengen. Hendes numse var oppe i luften, og hun var udmærket klar over, at hendes røvhul og fisse var helt udsat for hendes bedste ven og mand.

Det var et akavet øjeblik. På mange måder føltes det som et besøg hos lægen for Lesley. Bortset fra i stedet for en typisk gynækologisk undersøgelse, ville en grundig røvbank snart være i fremtiden. Men først ville der være forspillet. Åh gud, hvad er det for et forspil? tænkte Lesley.

Et par hænder gned begge Lesleys bund. Ikke hvilke som helst hænder. Bløde feminine hænder. Den slags, som kun Marlene besad.

Åh gud, det begynder.

"Her kommer din overraskelse," sagde Marlene. "Jeg ved, at du har bøvlet Rob om mine planer. Nå, her er den. Jeg synes, at en god kvindelig rimning er den bedste måde at stimulere analjomfruer på. Slap nu af."

Åh gud, et rimjob . Fra Marlene?

Før Lesley nåede at sige et ord, mærkede hun, at hendes røvkind blev spredt endnu længere af de bløde hænder. Hun vidste, at hendes røvhul var spredt på vid gab for hendes mand og Marlene at se.

Så kom tungen. Åh gud, tungen. Hendes lille brune anus blev slikket af sin bedste ven. Slikket op og ned. Slikket side til side. Slikket i alle retninger. Så kom kyssene. Så slikken igen. Så et par kys mere til hendes anus.

At få et rimjob var aldrig på Lesleys seksuelle bucket-liste, men hun var så glad for, at hun følte det. Hvis hun havde vidst, at det var så godt, ville hun have bedt Rob om at gøre det for år siden på deres bryllupsnat.

Nu var hun her, på knæ, med forsiden nedad, og fik slikket sit røvhul af sin bedste ven. Hun havde altid vidst, at Marlene var en meget seksuel person og en ekspert i seksuelle forhold, men det her? Hun kunne ikke have vidst, at Marlene var ekspert i at udføre oralsex på en kvindes anus. Teknikken, som Marlene lavede, var simpelthen for god til at være sand.

Så kom det sidste stykke af rimjob . Marlenes tunge gik ind. Åh gud, det gik ind. Lesley mærkede, at hendes anus blev slasket på, spyt løb ned af hendes røv og ind i indgangen til hendes endetarm.

Det kildede lidt, men hovedsageligt føltes det opsigtsvækkende, stimulerende nerveender, hun ikke havde vidst eksisterede.

"Godhed," stønnede Lesley med ansigtet ned på sengen. "Din tunge... min gud."

Marlene stoppede kort. "Det er derfor, jeg får de store penge udbetalt."

Og dermed fortsatte Marlene med sit analslik. Hendes tunge slikkede ringen af anus, fulgte indgangen til endetarmen, så stoppede hun.

"Er du klar til den næste fase af din slikning?" spurgte Marlene og holdt stadig røven fra hinanden.

"Er der mere?" spurgte Lesley, stadig med forsiden nedad.

"Ja. Her kommer det. Slap nu af, skat."

Marlene sagde noget til Rob, som var så kort og kort, at Lesley ikke var i stand til at høre det. Det eneste hun hørte var lyden af at blande sig. Hun kunne ikke se det, da hendes ansigt lå på sengen. Selvfølgelig kunne hun bare have vendt sig om for at se, hvad de lavede, men hvorfor gider det? Hun elskede overraskelser, og hun havde en særlig mundtlig overraskelse.

Det næste, Lesley vidste, var, at Rob spiste sin kusse nedefra. I mellemtiden vendte Marlene tilbage til sine rimningsopgaver.

Lesley oplevede et fuldstændigt oralt overfald på både sin fisse og anus på samme tid fra de mennesker, hun elskede mest.

Hendes øjne blev store og hendes læber krøllede, mens hun udløste et kort stønnen. Det var den dobbelte mundtlige fornøjelse. Rob suttede hendes fisse som aldrig før. Marlene øgede sit anale slikketempo.

Inderst inde forbandede Lesley sig selv for aldrig at have gjort dette før. Nå ja. Hun var en ung 33-årig kvinde, der ville være masser af tid tilbage i hendes liv til at fortsætte med at nyde dobbelt oralsex.

Hun mærkede et klimaks nærme sig, da Rob fokuserede sin tunge på hendes klit. Det var præcis den måde, Lesley kunne lide, at hendes fisse blev spist på. Start i midten og derefter orgasme med klitorisstimulering.

"Åh gud," stønnede Lesley med forsiden nedad, øjnene rullede tilbage. "Jeg tror, jeg nærmer mig."

Marlene trak kort tungen væk. "Pige, gå efter det."

Med det fortsatte Rob med at slikke klitoris hurtigere, og Marlene udførte en oral hvirvelvind inde i den jomfruelige anus.

Lesley udløste en orgasme for tiderne.

Hun skreg højt og hendes krop strammede sig sammen. Gudskelov havde de for nylig købt et hjem, hvor de kunne få noget ordentligt privatliv. I deres gamle lejlighed ville et skrig som Lesleys helt sikkert have fanget naboernes opmærksomhed, og måske politiets opmærksomhed.

Nu, i privatlivets fred i sit eget hjem, var Lesley i stand til at slippe det hele ud. Hendes fisse og røvhul modtog kraftig oral stimulation, hvilket resulterede i en våd kraftig orgasme.

Da det var gjort, flyttede Rob sig væk fra under kusse, og Marlene fjernede hendes tunge.

Lesley faldt sammen på sengen, et vådt gennemblødt rod, med et smil efter orgasme på hendes ansigt.

"Rob havde ret angående dig," sagde Marlene og beundrede sin bedste veninde med bare bund. "Du er temmelig tøs ."

"Ho.. ly ... shiiit ..." stønnede hun.

"Pige, nu er vi kun halvvejs færdige. Nøglen til god analsex er smøring og ophidselse. Jeg vil sige, du er mere end ophidset. Og du er pænt smurt af mit spyt. Men vi har stadig arbejde at gøre ."

"Stadig?" sludrede hun.

"Ja, nu tilbage på plads din dovne tæve."

Marlene gav sin bedste veninde et kraftigt slag på røven. Det var nok til at få Lesley tilbage på knæ med numsen i vejret.

Mens hendes sind stadig vaklede efter den intense orgasme, blev hendes ansigt presset ind på sengetøjet, og hun mærkede, at hendes røvkind blev spredt igen. Denne gang var hænderne meget stærkere, hvilket betød, at Rob var den, der holdt Lesleys numse helt åben.

Hvilket betød, at Marlene havde begge hænder fri.

Pludselig hørte Lesley den velkendte lyd af en glidecremeflaske, der blev åbnet.

Så mærkede Lesley den lille lyserøde dildo blive skubbet ind i hendes numse. Den var kun et par centimeter lang, men den føltes massiv inde i hendes lille numsehul. Den lyserøde dildo blev skubbet ind og ud.

Den blev fjernet og efterlod en måbende følelse i Lesleys bagdel.

Dernæst blev noget lidt større presset mod hendes hul. Endnu en dildo fra Marlenes taske. Den blev skubbet hårdere ind i det jomfruelige hul. Da det fortsatte med at blive skubbet, vidste Lesley, at dette legetøj var meget længere (og tykkere), hvilket gav hende en meget mere strakt følelse.

Hun mærkede ringen af hendes anus og endetarm blive skubbet til dets grænser. Derefter blev den holdt på plads der, hvilket gav hendes anus tid til at vænne sig til at have noget, der havde en størrelse i hendes røv.

Derefter blev den større dildo trukket væk, hvilket efterlod en måbende følelse i hendes sarte røvhul.

Pludselig, i baggrunden, var der disse sugende/slurpende lyde. Det tog et sekund for Lesley at indse, at Marlene sandsynligvis suttede på Robs pik og fik ham hårdt og smurt til det anale kneppe. Den tæve, tænkte Lesley.

Suttelydene stoppede.

"Tillykke med jubilæet, pige," sagde Marlene med en drillende stemme.

"Tillykke med jubilæet, skat," sagde Rob.

Denne gang følte Lesley noget andet presset mod hendes røvhul. Det var hårdt, men alligevel havde det en blød følelse. Det var der ingen tvivl om. Det var Robs pik. Hendes mand var ved at kneppe hende i røven.

Hun klemte lagnet sammen og forberedte sig på det, der skulle komme.

Rob skubbede. Hans pik kom ind. Indtrængningen var langsom og blid. Det føltes næsten som en ekspert, der trængte ind i hende, selvom hun ikke ville have vidst det, da hun aldrig var blevet kneppet i røven før.

Hun indså derefter, at dette var fra de tips, som Marlene havde givet Rob. Det var derfor, Rob var i stand til at kneppe hendes røv så let. Og det var også takket være al den anale stimulation og orgasme, som Marlene havde givet.

Alt fungerede til perfektion. Robs halvstore pik var i stand til at trænge ind i hendes endetarm uden besvær, selvom hendes røv føltes meget fuld.

Til sidst gik det hele vejen indenfor, og Rob hvilede sig i sin kones lille bitte endetarm.

"Det var det pige," sagde Marlene, som rykkede op for at kærtegne Lesleys hår på en kærlig måde. "Den svære del er overstået. Det er hele vejen indeni. Nyd nu dig selv og den orgasme, der følger."

De bedste venner holdt hinanden i hånden og så hinanden i øjnene, mens Rob langsomt trak sin pik tilbage og gav derefter et stød.

"Åh..." gispede Lesley. "Gud..."

"Nemt, pige. Du har det fint."

Den dunkende pik inde i hendes røv gentog sin bevægelse. Rob trak sig tilbage og gav derefter endnu et stød, denne gang lidt hårdere, hvilket Marlene privat havde bedt ham om at gøre tidligere.

Der kom flere stød. Med hvert stød blev Lesleys krop skubbet dybere ned i sengen. Hendes ansigt pressede hårdere på sengetøjet. Sengen vuggede. Hendes hår bølgede frem og tilbage. Hendes små bryster svajede.

Snart fandt Lesley ud af, at hun var i fuld gang med at banke. Sengen rystede, og Lesley begyndte at græde.

"Det er okay skat," sagde Marlene i en beroligende tone og tørrede tårerne væk. "Du gør det så godt. Din røv er skabt til det her. Du bliver afhængig af røvfuckings , når din mand er færdig."

Lesley undrede sig over, hvordan det kunne være sandt, da hendes røv blev ved med at blive pløjet. Det gjorde ondt, men det føltes også godt. Det var som den perfekte kontrast mellem smerte og nydelse. Hun blev strakt ud til at tro. Men også hendes rektale nerveender blev stimuleret på måder, hun ikke havde troet var muligt.

"Åh min gud" råbte Lesley. "Mit røvhul!"

Tårerne trillede ned ad Lesleys ansigt, mens hamrenden fortsatte. Hun kunne have bedt om at få det stoppet. Hun kunne have tigget om, at det skulle slutte. Men det gjorde hun ikke. Hun begav sig ind i nye områder af sin krop. Hun oplevede nye ting med sin seksualitet. Og hun elskede hvert sekund af det.

Det gjorde stadig helt ondt. Men der var en ubestridelig tilfredsstillelse. Marlene fornemmede den fornøjelse, Lesley følte, og hun gav et lille nik til Rob, hvilket var deres signal.

Pludselig begyndte Rob at kneppe i fuld fart. Lesley råbte højt, tårerne trillede ned over hendes ansigt, mens hendes sarte lille røvhul blev pløjet med en kraft, hun ikke vidste, hun kunne klare.

"Åh gud!!!!" hun græd for det kære liv.

Så kom hun. Hun kom for anden gang den morgen. Det var en anden orgasme fra før. Det var ikke fritflydende og underholdende.

Nej. Det var råt. Ren. Utæmmet. Det var en orgasme, der kom fra hendes oprindelige begær. Og det skabte et alvorligt rod over det hele.

Gudskelov havde Marlene lagt det håndklæde på sengen.

Orgasmen var så intens, at Lesley ikke havde bemærket, at Rob allerede havde ejakuleret inde i hendes endetarm og oversvømmet hendes lille hul.

For anden gang den morgen lå Lesley med forsiden nedad, faldet sammen på sengen med blotlagt sin bare numse.

Både Rob & Marlene beundrede deres arbejde: En fortumlet Lesley, der lå i ren orgasmisk lyksalighed, fuldstændig våd mellem benene.

EPILOG

Da Lesley var kommet hjem fra arbejde med en lille indkøbspose i den ene hånd, en pung i den anden, var hun i godt humør.

Hun lagde sin pung ned i nærheden af trappen, og hun henvendte sig til sin mand i køkkenet, som også stadig var i sit arbejdstøj.

"Undskyld, jeg er lidt forsinket," sagde hun og kyssede Rob på læberne, mens hun stadig holdt den lille indkøbspose.

"Hvad er det?"

Hun smilede og rakte posen frem, "Dette... er en fin lille gave, som Marlene gav mig. Vi havde kaffe for et stykke tid siden."

Lesley tog en lille flaske frem og smed posen på køkkenbordet. Flasken var gennemsigtig, og den indeholdt en klar flydende væske. Men det, der skilte sig mest ud ved flasken, var, at den tydeligt indikerede, at den kun var til anale formål.

Faktisk blev stoffet i flasken lavet specielt til analsex. Det var et nyt produkt lavet for at gøre analsex meget nemmere.

"Åh herregud," sagde han med løftede øjenbryn.

"Din pik. Min røv. Lige nu."

Lesley rakte sin mand flasken. Hun vendte sig om og trak sine trusser af og smed dem på gulvet. Hun spredte sine ben og bøjede sig og løftede bagsiden af sin kontornederdel. Så lagde hun hænderne på køkkenbordet, røv pegede udad.

Mens Rob hældte den nye flaske smøring i hendes røvhul, stirrede Lesley ud i haven. Det var en smuk dag og solen var ved at gå ned. Hun indså, hvilken heldig kvinde hun var. Hun var gift med sit livs kærlighed, og de havde fundet en måde at tage deres sexliv til næste niveau. Hun havde også den perfekte bedste ven, den der gjorde det hele muligt.

Livet var godt.

Et simpelt skub, og Robs pik kom ind i hendes lille røvhul. På det tidspunkt var Lesley blevet vant til at få hendes numse strakt af hans pik. Denne gang virkede det nemmere. Marlene havde ret, den nye flaske glidecreme var fantastisk, hvilket betød, at der ville være meget mere analsex i Lesleys fremtid.

SMALT BAGSTE HUL

55

KAPITEL I

Dicks pik invaderede langsomt Samanthas rynkede, smurte anus og kom derefter ud i samme hastighed. Den sensuelle scene blev gentaget flere gange, og varmen fra hendes smalle kanal fik ham snart til at længes efter mere. I et forsøg på at ignorere hans manglende kontrol over den desperat langsomme hastighed, koncentrerede han sig om sin kone, mens hun flyttede sin numse op og ned ad hans længde. Med hendes håndled og ankler lænket til sengen havde hun intet andet valg end at omfavne det nye ved at blive brugt som hendes sexlegetøj.

Den usædvanlige udvikling begyndte dagen før. Da han var på vej på arbejde, ringede Dicks mobiltelefon præcis klokken 7:10 om morgenen, som forventet. Selv uden at tjekke nummervisningen vidste han, at det var hans kone, som ringede hver morgen på samme tid.

Da han besvarede opkaldet håndfrit, hilste Dick varmt på Samantha,

"Hej skat."

"Hej! Savner du mig allerede?" Samanthas stemme var fuld af humor, da de lige var gået fra hinanden en time tidligere.

Dick fnyste,

"Selvfølgelig! Har du læst nogle gode historier endnu?"

Under sin morgentræningsrutine nød Samantha at læse historier på sin yndlingsblog om erotisk litteratur. Hun valgte kategorierne 'Anal' og 'BDSM' og håbede at finde de nye opdagelser hver dag. Hvis man kildede ham, fortalte han Dick meget detaljeret under sine separate ture på arbejde.

"Jeg læste faktisk en virkelig varm 'Anal'-historie," sagde hun længselsfuldt. "En mand bandt sin kone som straf, og så gav han hende en rigtig hård tur i røven. Det gjorde mig super liderlig."

Dicks tone var blød, da hun fangede hendes ikke så vage antydning,

"Virkelig".

"Du ved ... det er et stykke tid siden, vi har haft tid til at spille nogle kinky spil. Og ... tja ... jeg har været en meget fræk pige på det seneste. Jeg er ret sikker på, at jeg fortjener straf." Hun gjorde mit bedste for at lyde angerfuld og formåede at se smertefuldt ud.

Samantha elskede virkelig analsex, hvilket var en velsignelse for Dick. Problemet var, at hun skreg som en djævel under anale orgasmer. Med teenagebørn stadig hjemme, var deres chancer for at frigøre sig selv få og langt imellem.

Da Dick vidste, at hans kone var desperat efter kinky sex, tog Dick hendes ikke-så-subtile invitation i stiv arm. Hun havde ret; det var længe siden, de havde nydt en vild nat. I virkeligheden var han overrasket over, at det havde taget ham så lang tid at foreslå en hemmelig sex-date, og han var fuldstændig enig i retningen af deres samtale.

Som svar på Samanthas åbenlyse ønske gjorde Dick sit. "Jeg vil være dommeren for, om du virkelig fortjener en straf. Fortæl mig nu, hvad du har gjort," sagde han i en autoritativ tone.

"Nå, for det første, så kører jeg hurtigt lige nu," vidste Samantha, at det var en svag indsats, men dette var kun den første bane.

Dick sukkede skuffet, "Du har travlt hver dag. Det er ikke rigtig værdigt til en straf."

"Åh", da hun var ligeglad med hendes fejl, var hun klar til den anden pitch. "Nå, jeg lånte 30 $ fra din tegnebog, før jeg gik på arbejde."

Dick klukkede, "Ok ... ikke meget af en overraskelse. De fleste dage føler jeg mig som din personlige hæveautomat. Er det alt?" spurgte han og forventede mere af sin opfindsomme kone.

Efter at have gemt det bedste til sidst, var Samantha overbevist om, at hun var på randen af succes,

"Så det viser sig, at Morrisons inviterede os til middag fredag aften, og jeg sagde, at vi ville elske at deltage."

Der var dødsstille i flere øjeblikke, mens Dick behandlede de uønskede nyheder. Hun vidste udmærket, at han ikke nød at tilbringe tid med Morrisons. Selvom konen var en kær ven af Samantha, var manden socialt akavet.

"Lille," sagde Dick, efter at have rømmet sig højt, "du fortjener virkelig noget straf for dette. Lad mig se, hvad jeg kan gøre for at få plads på min tidsplan i morgen eftermiddag."

Da Dick brugte sit sexlegetøjs-kælenavn, strammede Samanthas fisse. At være prisgivet sin mand, mens han brugte hendes krop til glæde, var det mest spændende. Heldigvis ville den være klar ved middagstid næste dag, hvilket var det perfekte tidspunkt.

Forvirret af succesen holdt Samantha knap nok sin glæde,

"Åh dreng! Øh, jeg mener ... åh nej! Nå, jeg bliver nødt til at acceptere den straf, du føler passer til forbrydelsen. Men min røv har haft det rigtig dårligt at blive udeladt på det seneste."

Oprørt over den kommende middag med Morrisons besluttede Dick at håne sin kone som delvis hævn.

"Måske er din straf at opgive analt samleje," spøgte han med sin mere alvorlige stemme.

Forbløffet blev Samantha praktisk talt kvalt.

"Baby, straf skal altid omfatte anal!"

"Du er ikke i stand til at stille krav, Lille." Dick fastholdt sin pine med et skævt smil på hans ansigt. "Jeg vil tage din anmodning til efterretning, men regn ikke med at slippe afsted med det. Det var en ret alvorlig overtrædelse. Jeg går på arbejde nu. Vi kan snakke mere senere."

Modløs svarede Samantha:

"Jeg elsker dig".

"Jeg elsker også dig," lagde Dick på, tilfreds med sig selv, fordi han gav sin kone en.

I sin bil var Samantha forfærdet over begivenhedernes gang. Hendes smarte plan om at fremkalde en hård anal session var pludselig afsporet.

Sikkert, Dick må vide, hvor meget han ønskede en kinky hard ass session!

Forudsat at hun kunne overbevise ham om at adlyde, udtænkte Samantha hurtigt en plan for at give ham nogle Margaritas. Der var ingen måde, han kunne modstå lokket fra hendes ivrige røv med et kraftigt hit af tequila på kroppen, og hun vidste det sted, der ville passe til hendes behov.

KAPITEL II

Næste dag fandt Samantha og Dick sig hjemme lige før frokost. Da hun foreslog en hurtig tur til hendes yndlings mexicanske restaurant, sagde han ja. Ikke kun var drikkevarerne stærke, maden var fremragende, og vigtigst af alt var betjeningen hurtig.

Som sædvanlig bad de om en afsondret stand. Efter at have siddet ned, dukkede to af dine yndlings Margaritas på magisk vis op på bordet, og din madbestilling blev hurtigt taget hånd om. Med optakten af vejen nippede de og slappede af.

Samantha, en meget direkte person, havde ingen betænkeligheder ved at tale ærligt. I håb om, at Dick havde glemt sin absurde idé om at tilbageholde analsex, besluttede han at prøve lykken.

"Hej skat, jeg er ret liderlig. Vi bliver skøre i aften," sagde hun, mens hun gav ham et suggestivt blink.

Dick grinede og gættede på, at Samantha var bekymret over sin trussel om at undgå analleg. Selvom han havde til hensigt at bore hendes røv længe og hårdt, syntes han, det ville være sjovt at fortsætte sit list.

Han løftede et øjenbryn og holdt sit pokerface opad og sagde: "I dag holder vi det lavmælt. Når alt kommer til alt, Lille, fortjener du straf."

"Haha, meget sjovt. Vær alvorlig og lad være med at fjolle," sagde hun og forsøgte at maskere sin åbenlyse bekymring.

Selvom han normalt var en forfærdelig skuespiller, følte Dick sig sikker i sin præstation. Samantha snurrede oprigtigt for øjnene af hende, og det var ret underholdende.

Han bøjede sig ned og talte strengt:

"Tag ikke fejl, min beslutning er truffet."

"Men skat, nyder du ikke at kneppe min røv, mens jeg er bundet til sengen? Du kan lægge mig på knæ, med min røv løftet og gøre, hvad du vil med mig." Hun forsøgte at friste ham ved at male et erotisk billede. "Forestil dig, at din hårde pik synker ned i mit lille hul ... forestil dig, at jeg skriger, når du får mig til at komme ... tænk på min numse, der klemmer, mens din pik tømmer sin ladning i mig! Kom nu, jeg har brug for, at du leverer mig en god mængde af sperm ved min bagdør! Please ...!"

Altid imponeret over Samanthas anale entusiasme, stivnede Dicks pik straks. Åh ja, jeg planlagde at gøre alt det og mere. Men i øjeblikket nød han forestillingen.

"Jeg har taget min beslutning. Anal, trældom og straf er udelukket i dag," sagde han og formåede at lyde uinteresseret.

Det var enormt morsomt for Dick at se Samanthas ansigt flimre af frustration. Han forventede, at hun ville ændre sin strategi og blev ikke skuffet.

Samantha bevægede sig hurtigt og prøvede at give ham skylden.

"Men skat, det var dig, der fik mig til anal! Hvis du tænker over det, er det virkelig din skyld. Du skylder mig en god røv for fanden!"

Der var en vis sandhed i hans udtalelse. Det havde taget Dick over tyve år at overbevise Samantha om, at analsex var et forsøg værd. Da hun indså, at anale orgasmer var ægte og konkurrerede med den vaginale variant, var der ingen, der stoppede hende. På en måde var han ansvarlig for at skabe dette anale monster.

Dick var nysgerrig efter at se, hvor han kunne tage hen næste gang, og fortsatte med at trække i sin lænke: "Missionærstilling og vaginal penetration vil klare sig i dag, lille skat."

Samanthas ansigt vred sig i vantro. Den slags sex var fint til hverdage, hvor de skulle være stille, fordi børnene var hjemme. Men denne onde mulighed var for værdifuld til at spilde!

Samantha var fast besluttet på at forsøge sig med smiger og gik ikke glip af et beat.

"Okay, hør. Jeg vil være helt ærlig. Hvis du ikke var så god til at slå mig i røven, ville jeg ikke engang have analsex. Færdigheder som dine burde ikke gå til spilde."

Dick's svar var enkelt:

"Godt forsøgt".

"Baby, vær sød at binde mig og kneppe min røv! Det er for længe siden, vi har spillet, og jeg har virkelig brug for det," klagede han som en sidste udvej.

Dick rystede på hovedet og tænkte på at sympatisere med hende. Hvis han indrømmede over for hende, at det var en joke på hendes bekostning, ville hun falde til ro. Ved at tale, mærkede hun pludselig hans bare fod direkte på hendes skridt. Med tæerne strøg hun blidt hans stenhårde rejsning under bordet, mens hun smilede sejrsgivende.

"Du bliver ved med at sige 'nej', men din pik siger 'helvede'. Har jeg ret?" hviskede Samantha, hendes øjne skinnede af glæde.

Pludselig, uden at ville give op, tog Dick flere dybe vejrtrækninger og forsøgte at fokusere på uattraktive tanker. At forestille sig middag på Morrisons bragte ham ud af afgrunden.

Han talte langsomt og sagte og svarede:

"Mine regler i dag er overholdt."

Samantha trak på skuldrene og sukkede,

"Okay, du vinder, skat. Lad os nyde frokosten og gå hjem. For helvede, måske skulle vi bare slappe af. Du virker lidt anspændt."

Deres ordrer kom ind, og parret fik dem hurtigt at spise, mens de diskuterede andre ting. Dick var overrasket over, at Samantha formåede at lægge samtalen bag sig, da hun ikke kunne lide at tabe.

I baghovedet følte Samantha sig berettiget af de forberedelser, der blev gjort tidligere på dagen. Dick havde valgt at lege med ilden, og han ville snart brænde. Hun var fuldt ud parat til at handle og tage hans pik op i hendes egen røv.

KAPITEL III

Da de kom hjem, gik parret direkte op i deres soveværelse. Dick sad på hjørnet af sengen, mens Samantha langsomt pillede sine jeans og hvide skjorte med knapper af. Da han godt vidste, at han nød en god striptease, sørgede han for at overdrive sine bevægelser. Da hun skulle til at fjerne den sorte blonde-bh og den matchende g-streng, gik hun hen til sin mand og fjernede sit lingeri foran ham.

Samantha stod nøgen foran ham og kiggede ærligt på Dick og spurgte:

"Skat, må jeg give dig en massage? Du fortjener en for at være så tålmodig med mine fjollerier."

Selvom Dick var klar til at slå sin kones røv meningsløst, bevægede Samanthas tankevækkende forslag ham. Hendes massagebehandlinger var ret anstændige og tidskrævende.

"Det er en god aftale, Lille. Gå videre. Men klæd mig først af."

Samantha rødmede sødt og svarede:

"Med fornøjelse".

Da Dick havde forladt sin jakke og slips nedenunder, tog det ikke lang tid. Hun klatrede op på sengen og krøb direkte bag ham og lagde sine knæ på hver side af hans krop. Hun nåede hans bryst, knappede hans skjorte op og tog den af. Hans enkle hvide T-shirt fulgte efter.

"Rejs dig og vend dig om," hviskede hun forførende.

Dick fulgte hendes instruktioner, som satte hans bækken direkte foran hendes ansigt. Mens hun så ham i øjnene, spændte Samantha hans bælte op, lynede hans bukser op og lukkede derefter lynlåsen op. Hun trak trækkende og trak hans bukser og undertøj ned og efterlod ham nøgen og halvoprejst.

"Læn dig nu tilbage og lad mine fingre gøre deres arbejde," sagde hun, mens hun bankede på sengen.

Glad for at efterkomme, strakte Dick sig ud i midten af sengen med forsiden nedad. Efter at have skrævet ham, satte Samantha sig midt på ryggen.

Hun begyndte ved hans skuldre og talte med bekymring:

"Åh skat, dine arme føles så stramme! Læg dem over dit hoved, så jeg kan træne alle dine muskelgrupper."

Dick var meget distraheret af den våde plet, der dannede sig på hans ryg under Samanthas fisse, men det lykkedes ham at registrere sin anmodning. Han strakte armene mod puderne og var vagt klar over, at Samantha gled fremad, indtil hun var mellem hans skulderblade. Efter at have lænet sig ud over sengekanten, syntes hun at have fat i noget. Så, lynhurtigt, mærkede han koldt stål om sine håndled og hørte det tydelige klik fra håndjernene.

Dicks hoved knækkede tilbage, da han trak i sine hænder og fandt dem begrænset. Virkeligheden ramte hårdt; hans slanke kone havde lige droppet ham, ikke småting, da han vejede meget mere. Straks efter gled den adrætte djævel ud af hans krop og satte sig ved siden af ham.

Selvom han var tilbageholdende med at se på sin kone, som sikkert var stolt af joken, vendte Dick hovedet til siden. Det, der straks fangede hans opmærksomhed, var den glatte kusse, der var udstillet mellem hendes vidt spredte lår. Han stønnede og følte sig dum over at blive fanget med ansigtet nedad.

"Ha! Jeg har været dig totalt utro!" skreg hun.

Dick vidste, at hun ikke ville være tilfreds med dette, da Samantha var tilbøjelig til at begejstre. Da han generelt var rolig, blev han fristet til at deltage i hendes glæde, men besluttede at gøre status over situationen.

"Dejligt træk, Lille," indrømmede han, altid høflig. "Så hvad sker der så?"

Samantha var ikke færdig med at skrige:

"Hellige guacamole! Jeg fangede dig faktisk! Jeg ville ønske, du havde set udtrykket i dit ansigt! Sikke et digt!"

"Ja, du fik mig seriøst. Så hvad er enden på dit spil?"

Hun grinede af hans ufrivillige ordspil, svarede hun.

"Det er mere som mit 'rumpe'-spil!"

Hun tog flere dybe vejrtrækninger og faldt til ro. At glæde Dick var bestemt en del af planen, og hun ville berolige ham.

"Ok, ok! Uh! Disse er dine muligheder. Jeg sætter håndjernene fast på et lille stykke kæde, der er fastgjort til sengestolpen. Det giver dig fri til at rulle op på ryggen. Hvis du vælger den vej, vil jeg Kom på din pik for at bruge den. Men du vil være fuldstændig prisgivet min nåde for en forandring. Eller ... jeg kan blive her og lege med mig, mens du sover. Det er helt op til dig, skat."

Dick besluttede sig med det samme, men gjorde et show med at reflektere over det,

"Lad os se, jeg kan lade dig bruge min pik, eller ligge her som et bundt for at snorke. Jeg går efter mulighed nummer et."

Samantha klappede som en lille pige og glædede sig. Mens hun foretrak en underdanig rolle under kinky spil, trykkede Dick på en hidtil ukendt hot-knap ved at true med at nægte hendes analsex. Han kunne ikke bebrejde andre end sig selv for hendes ekstreme forholdsregler.

"Fremragende!" udbrød hun. "Vend nu om og hold dine ben fra hinanden. Jeg skal lænke dine ankler."

Lænende på den ene albue vendte Dick sin krop, som Samantha instruerede. Hun sprang ud af sengen og trak nogle metalankler frem, som hun må have gemt under madrassen tidligere på dagen.

Da alle Dicks lemmer var fastholdt, studerede Samantha stolt sit arbejde. Med sit blik rettet mod sin mands ansigt kyssede hun blidt hans pande.

"Bare rolig, skat. Jeg skal være blid," hviskede hun direkte ind i hans øre.

Dick, en stille fyr, lo ad den lille trickster:

"Nå, lille skat, det ser ud til, at du har mig lige hvor du ville have mig."

"Nå, jeg har dig. Tak fordi du lagde mærke til det," lo hun, da hun gik mod døren. "Bliv nu stille, og jeg er straks tilbage."

At være begrænset var en ny oplevelse for Dick. Parret havde været involveret i slaveri fra begyndelsen af deres forhold, og i løbet af deres tre årtier sammen havde Samantha brugt utallige timer i håndjern, lænket og endda på en kasse. Hun havde aldrig før udtrykt interesse for at vende bordet, så det var en uventet vending.

Dick var imponeret over, at Samantha udnyttede sin store erfaring til at binde ham til sengen. Da han testede ham mobilitet, var han virkelig stolt over, at hun havde formået at sikre ham uden at påføre ham smerte.

Håndjernene var ikke for stramme om hans håndled/ankler, og hans lemmer var heller ikke strakt til et ubehag. Alt i alt var det en ganske vellykket indsats.

Hans opmærksomhed skiftede efter at have bemærket, at Samantha var vendt tilbage og stod midt i rummet.

At sige, at hun havde klædt sig til lejligheden, ville have været en underdrivelse.

KAPITEL IV

"Kan du lide det, du ser?" Samanthas øjne gnistrede skælmsk, da hun modellerede for ham i sit nye outfit.

Normalt foretrak hun blødt, feminint lingeri, men i eftermiddags var hun gået i en ny retning. Et stropløst sort læderkorset gav hende udseendet af en kvinde i kontrol. Allerede lille fremhævede den hendes lille talje endnu mere, mens den formåede at få hendes små bryster til at se større ud. Hun valgte at gå under trusser og efterlod sit hårløse køn afsløret for sin seerfornøjelse. Lidt lavere, til låret, krammede rene sorte strømper hendes tonede ben. Da hun fuldendte det erotiske ensemble, bar hun strengt udseende sorte stiletter.

Dicks kæbe hang åben og stirrede forbløffet over udseendet af hans kone, klædt i sådan et vovet outfit.

"Shit! Du ser SÅ varm ud, Lille!"

Hun trak sig væk fra ham, vippede hofterne til siden og klappede sig på bunden. Med sin pik nu formet til en fuld mast, kæmpede han kort for at rejse sig, før han huskede, at han var bundet til sengen.

"Lille, lad mig rejse mig, og jeg vil give din røv dit livs hårdeste tur," sagde han og forsøgte at forhandle.

Samantha rystede på hovedet, mens hun lo,

"Åh, jeg får en hård tur, bare rolig. Du havde din chance, og du sprængte den. Jeg planlægger at tage det, jeg vil have på egen hånd."

"Kom nu! Jeg lavede bare sjov med at tilbageholde analsex. Lad os skifte plads," bad han.

Samantha trak på skuldrene og svarede:

"Du trykker den forkerte tast, skat. Det, der er gjort, er gjort. Hvis du nu insisterer på at tale, vil det få konsekvenser."

"Men," begyndte han.

"Nøjagtig! Men ..." svarede hun og lavede anførselstegn med fingrene. "Det er navnet på dette spil. Nu advarede jeg dig om at holde kæft og være ulydig."

Samantha rørte ved siden af sin mund med sin pegefinger og kneb øjnene sammen i falsk koncentration.

"Lad os se, hvordan skal jeg håndtere din ulydighed? Hey, jeg har en idé," sagde han og viftede alvorligt med hænderne. "I stedet for at sprudle, bør du bruge din mund til at glæde mig!"

Da han følte, at spillet var godt i gang, var Dick ikke sikker på, om han skulle svare verbalt. Klogt valgte han at nikke samtykkende. Samanthas uhyrlige outfit og obskøne opførsel fik ham til at kræve enhver form for kontakt med hendes krop.

"Åh, jeg kan se, du lærer hurtigt," sagde hun. "Lad os få din mund til at arbejde. Jeg vil have, at du slikker mit frække hul, som en god dreng."

Endnu en gang nikkede Dick eftertrykkeligt, glad for at være enig. At tillade Samantha dette 'rolleskifte'-øjeblik virkede helt rigtigt under omstændighederne, og han var glad for at følge hende på rejsen.

For forsigtigt ikke at skubbe sin mand kravlede Samantha tilbage på sengen. Hun skrævede ham ved hans hals og knælede ned og placerede sin bagdel direkte over hans ansigt. Altid drillende vendte hun bækkenet, mens hun gned sine hænder langs baldernes glatte kurver.

"Giv mig nu lidt glæde ... i min røv," sagde hun med autoritet.

Samantha mærkede Dicks krop ryste af den latter, han kæmpede for at undertrykke. At kysse sin kone var egentlig ikke en straf, og det var ophidsende at se hende blive liderlig, mens han slikkede hendes røv. Derfor var han mere end glad for at behage hende.

Samantha lænede sig smilende ned og kiggede mellem sine ben,

"Jeg giver dig adgang til et meget specielt sted, skat."

Som om hun afslørede en dyrebar gave, flyttede hun sine hænder til midten af sin tonede numse og skilte sine cremede hvide balder. Til Dicks seerfornøjelse var der hendes sarte stjerne. I dagens lys kunne han sagtens sætte pris på hver eneste af de folder, der udgjorde hendes navnløse entré. Lidt mørkere end resten af hendes hud gav tonen hende et næsten eksotisk look. Alt i alt var det et meget attraktivt mål, og han blev aldrig træt af at ramme det.

Samantha fejlfortolkede sin pause og talte opmuntrende ord:

"Kom nu, skat. Du ved, hvad du skal gøre. Læg din mund på min røv."

Med fornøjelse pressede Dick sine læber sammen og pressede dem mod Samanthas anus, som nu sitrede af forventning. Kærligt nappede han, suttede og kyssede hende rundt i den lille cirkel og fremkaldte bløde støn fra sin kone. Han var ikke amatør, han vidste præcis, hvordan han skulle håndtere den rynkede hud omkring hendes bagdør.

Samantha var evigt i ærefrygt over den fornøjelse, hun oplevede under anal stimulation. I hendes sind beviste det, at analsex var en naturlig seksuel handling, at det ikke fortjente sin tabubelagte status. Inden længe fik den udsøgte fornemmelse af, at hans mund smeltede mod hendes åbning, hende i balance og længtes efter mere.

"Baby ... tak! Skub din tunge op i min røv og få mig til at komme." stønnede hun.

Hun behøvede ikke at sige det to gange. Dick var en ekstrem generøs elsker, og han håbede at presse hende til det yderste. Han stak tungen frem og stivnede den så meget han kunne, inden han passende invaderede hullet, som hans kone frækt havde tilbudt.

For at hjælpe sænkede Samantha langsomt sin krop, indtil hendes tunge knap nok kiggede gennem den stramme indgang til hendes fornøjelsessted. Den brændende varme i hendes følsomme kant påvirkede hende så dybt, at den et øjeblik stjal hendes ånde. Efter en fuld penetration begyndte Samantha sin sidste nedstigning på hans mund.

"Fuck baby. Det føles så godt! Ååååh!" Samantha begyndte at flytte sin røv på hans ubarmhjertige tunge.

Dick opfattede hendes åbenlyse signaler og gik efter smag. Langsomt men sikkert opnåede hans tunge maksimal intim kontakt. Som sædvanlig accepterede hendes ydre lukkemuskel hans indtrængen efter en vis indledende modstand. Da han først var forbi den barriere, skubbede han frem, dybt nok til at krydse hendes mest ufleksible indre lukkemuskel.

"Aaahhhh! Baby! Please! Få mig til at komme!"

Selvom det var betydeligt mindre end hans pik, kompenserede Dicks tunge for størrelsesforskellen med hans fingerfærdighed. Han vekslede mellem at rulle med tungen og skubbe ind og ud af hendes mest private sted. I nogen hast var han glad for at dække hendes behov. At dømme ud fra mængden af fissejuice, der samlede sig på hans hage, vidste han, at hun snart ville klimaks.

Da Dick arbejdede med sin magi på hendes numse, var Samantha ude af sig selv. Hun havde ventet, med en vis utålmodighed, på dette øjeblik hele dagen. At mærke hans sensuelle læber og talentfulde tunge på hendes intime område sendte en bølge af lettelse gennem hendes krop. Samtidig var den seksuelle spænding, der havde været ved at opbygge, på randen af at eksplodere. Det var en interessant kontrast, som hun nød.

Efter at have brugt flere minutter på at passe Samanthas kødelige drifter, mærkede Dick sin kropsholdning ændre sig. Hun bøjede ryggen og begyndte langsomt at bevæge sig op og ned over hans ansigt, mens hun stadig holdt sin balder åben for hans tunge. Hun var tæt på at komme, og han forberedte sig på, hvad der nu skulle komme.

Pludselig stivnede hun. I et desperat forsøg på at finde støtte, flyttede hun sine hænder til hans bryst og efterlod hans ansigt mellem hendes heldigvis små balder. Han kunne næsten ikke trække vejret og skubbede modigt på.

Tiden så ud til at stoppe, da Samantha skyndte sig ud af den orgasmiske klippe. Hvad der startede som en lille gnist placeret i midten af hendes anus spredte sig hurtigt som en vild ild i hele hendes krop. I det splitsekund begyndte hver eneste muskel i hendes bækken at trække sig sammen og slappe af rytmisk, mens den velsignede udløsning gjorde krav på hende.

"Åhhh Gud!" Hun hylede for alvor med hovedet kastet tilbage i ekstase.

Efter flere sekunder blev Samantha slap og faldt fremad på Dicks mave og trak hans numse ud af ansigtet. Mumlende virkede hun et øjeblik usammenhængende, men formåede at bevæge sig og blive ved hans side med hovedet hvilende på hans bryst. Hun strøg ham og spindede som en tilfreds sexkilling.

Susan, der allerede var mere afslappet, mumlede til sidst:

"Baby, det føltes fantastisk. Du kan tale nu, hvis du vil.

"Nej. Jeg har det fint," var hans arrogante svar.

Hun så på hans ansigt og grinede,

"Virkelig? Er der ikke noget, du vil sige?"

Hans eneste svar var at ryste på hovedet med et forvirret udtryk. Nogle gange var ordene bare ikke nødvendige.

Da hun accepterede Dicks løfte om tavshed, skiftede Samanthas fokus brat, da hun bemærkede hans pik, der svingede stolt mellem hendes lår. Elegant dækket med en dråbe præcum kaldte den hende på et seksuelt plan. Selvom hun var udmattet af kraften fra hendes seneste klimaks, havde hun brug for hans pik i sin røv, og hun ville nøjes med intet mindre. Ansporet af sit ubestridelige ønske rakte hun ud og greb hans dunkende manddom med begge hænder.

"Hmmm, du snakker meget snart," svarede hun selvsikkert, mens hun strøg hans pik og fyldte den med spyt.

Generelt var Samantha ikke fan af at være på toppen og foretrak at absorbere kraften fra Dicks mandlige kraft under samleje. Da hun indså, at dette var hendes dominerende øjeblik til at skinne, besluttede hun sig for den position, der ville give Dick den bedste udsigt. Efter at have taget skoene af gled hun frem og satte sig på hug og stirrede på hans fødder. Balancerende på knæene svævede hendes røv fristende over hans erektion.

Samantha havde brug for ægte anal tilfredsstillelse, og nu var tiden kommet.

"Gør dig klar, skat. Jeg har tænkt mig at voldtage din pik med min røv," hviskede hun med en stemme præget af lyst.

Hun nåede bag hende, tog fat i hans pik med sin højre hånd og brugte den anden til at trække sin venstre balde til siden. Med præcision rettede hun hans manddom mod sit sultne hul og gned hans hoved ved hendes indgang. Kombinationen af hans præcum og hendes spyt var et effektivt smøremiddel, og hun vidste af erfaring, at det ville være nok til at lette hendes passage.

Dick mærkede hans klemme, da hans pik stak ud. Forsigtigt fortsatte hun med at montere den, indtil hun sad helt fast ved sin bagerste indgang. Selvom det var langt fra sin første anale oplevelse, satte Dick stadig pris på den ekstraordinære udsigt over Samanthas røv, da den omsluttede hans pik. Han blev aldrig træt af det stærke billede, han ønskede kun, at hun kunne opnå hans synspunkt.

Han klamrede sig fast til hendes varme kød og længtes efter den søde friktion, der kom af at rykke vildt ind og ud af den smalle kanal. Men indtil videre var han tilfreds med at lade Samantha køre og afvente sin tid.

Efter at have stønnet gennem hele indsættelses- og tilpasningsperioden talte Samantha endelig med stor stolthed:

"Baby se! Jeg stak dig dybt i min røv, alene!"

Tilstedeværelsen af Dicks tykke lem på hendes numse satte altid Samantha i kredsløb, da strækningen af hendes følsomme væv næsten var nok til at fremkalde en orgasme. Men at være på kanten af Nirvana var ikke så godt som at komme dertil. Der var stadig arbejde at gøre. Hun lagde begge hænder på hans lår og bøjede ryggen og forberedte sig til den sidste runde.

Hun begyndte at rejse sig og falde på hans hårde længde med beslutsomhed. I starten var det bevidst, mens man forsøgte at justere i et rimeligt tempo. I et forsøg på at sætte farten op, fandt hun ud af, at det var noget af en udfordring uden Dicks hjælp. Yndefuldt lykkedes det hende at skifte til sin fornemmelse uden at løsne hans pik. Men det stod hurtigt klart, at hendes lille statur gjorde det umuligt at opnå den strafsats, hun så gerne ønskede.

Efter flere minutter af Samanthas indsats blev Dicks desperation uudholdelig. Selvom han nød denne forret, var hans pik glubende til hovedretten. Alligevel holdt han sig tilbage og ventede på, at hun skulle videregive vidnet til ham.

"Baby, jeg ... det her ... er ... svært," indrømmede hun endelig, ude af stand til at komme videre med sin egen røv.

Dick var mere end klar til at gentage stillingen som dominerende stat. Under Samanthas næste sænkning bevægede han uventet sine hofter. Som følge heraf faldt Samantha baglæns, mens han stadig blev spiddet på sin pik. Hun landede med ryggen mod hans bryst og prøvede og kunne ikke rette sig op. Dick ventede, mens hun bevægede sig i et par sekunder, og sikrede sig, at hun var stabil i position.

"Sig mig nu, Lille, hvem der har ansvaret," hviskede han.

Lettet over hjælpen var Samanthas anmodning enkel:

"Af Guds kærlighed, bare skær mig ud, skat."

Dick slap endelig sin trængende røv, da han var tilfreds med hendes position. Han hoppede som en bronco og slog hende hårdt nedefra, da hun holdt sit bækken lidt over hans. Hendes skrig, støn og bønner om "MERE" var som musik i hans ører. Hans kone elskede virkelig analsex ... det var han sikker på.

Nu hvor Dick gav hende, hvad hun så hårdt havde brug for, var Samantha i himlen. På trods af deres relative holdninger tillod hun ham gerne at gøre krav på sin krop og gjorde den til sin egen. Stor og kraftfuld, hans pik påvirkede hende på en måde, som hans tunge ikke kunne, og de dybder, hvortil han sank hendes indre vægge, forberedte hende snart på endnu et klimaks. At høre ham knurre, mens han fandt glæde i hendes numse, skubbede endelig Samantha til det yderste.

"Venligst! Stop ikke!" Hun bad.

Efter at have fornemmet sin kone på afgrunden, blev Dick snart belønnet for sin hektiske indsats. Da han endelig bukkede under, klemte hendes røv hans pik med overmenneskelig styrke. Da hendes rytmiske sammentrækninger begyndte, lod han en velfortjent orgasme overtage hans krop. Strøm efter strøm af hans frø strømmede ind i hendes hårde begær, mens han skreg hendes navn med begærlig nydelse.

Allerede på toppen af hendes kropsspasmer havde Samantha et følelsesmæssigt klimaks, da han kaldte hende ved navn. Der var ingen større belønning end at få Dick til orgasme med en af hende, og hun trivedes med dette seksuelle jag. Instinktivt greb hun om hans hofter som et anker, mens deres kroppe rystede i forening.

Samantha kollapsede oven på ham efter at have klaret den seksuelle tsunami. Hun famlede i flere sekunder, før hun forsøgte at afbryde forbindelsen fra kilden til sin seksuelle tilfredsstillelse. Den fuldendte 'Dirty Girl' nød sin sperm på hendes røv og ville redde, hvad hun kunne. Overraskende nok formåede hun at rejse sig og vride alt i én bevægelse og spredte sig ud over sin krop. Mæt var Dick tilfreds med at lade sig slappe af, selvom han stadig var tilbageholdt af håndjernene.

Da hun lyttede til hans langsomme puls, fornemmede Samantha, at han måske sov, og besluttede, at hun kunne sætte sit eftermiddagssex-legetøj fri.

Kort fortalt spekulerede hun på, om han ville søge hævn. af hele sit hjerte forventede hun det ...

Kun tiden ville vise.

AT OPDAGE BAGINDGANGEN

77

Jeg stønnede og rullede på sengen.

Det svage lys, der kom gennem gardinerne, fortalte mig, at hun havde sovet lidt senere ind end normalt.

Jeg sukkede og trak dynerne tættere på.

Jeg mærkede min kæreste flytte sig lidt ved siden af mig, hendes bare røv pressede mod siden af mit ben.

Minderne fra natten før begyndte at komme tilbage gennem morgentågen.

Vi havde været ude med venner i byen, en stille aften til middag og en snak.

Cinthya, min kæreste, havde vundet møntkastet tidligere på natten, så jeg var den udpegede chauffør denne gang.

Da vi forlod vores venner og gik tilbage til bilen, snublede hun lidt, og jeg holdt hende op, så hun ikke faldt.

Jeg benyttede lejligheden til at snige mig ud med et kys og tage fat i hendes smukke røv, hvilket fik hende til at hvine og legesyg daske mig.

"Undskyld, jeg kunne ikke lade være," sagde jeg med et blink, da hun flyttede tilbage i mine arme.

Hun lo og gled sin hånd op til mit skridt og gav den et blidt klap.

"Det kunne jeg heller ikke" grinede hun.

Jeg grinede også og hjalp hende til døren og bukkede dramatisk, da hun satte sig ind i bilen.

Inden jeg lukkede døren, stillede jeg mig foran hende og spurgte hende, om hun stadig ikke kunne modstå.

Med et grin rakte han frem og gned mit skridt igen, langsommere og bestemt mindre legende end første gang.

Jeg følte, at jeg blev lidt hårdere, men da jeg vidste, at vi havde en halv times kørsel foran mig, bakkede jeg op og lukkede døren.

Da vi kørte tilbage til mit hus, talte vi om vores aften, og diskussionen drejede sig om Cinthyas veninde July, som for nylig havde slået op med sin mangeårige kæreste.

July var klædt i en meget afslørende T-shirt, og Cinthya sagde med et smil, at hun havde lagt mærke til, at han havde undersøgt hende et par gange.

Jeg forsøgte at påstå, at jeg ikke havde, men uden held var jeg skyldig som anklaget.

Cinthya sagde, at det var fint, og at det ville være svært ikke at tjekke hende ud, da hendes bryster var udstillet for alle at se.

"Og apropos groft..." drillede han, mens hans hånd igen gned mit skridt. "Er det for at tænke på juli?" spurgte hun, mens hun gned sin håndflade langs min stive pik.

"Nej, jeg tænkte lige på at få dig hjem og i seng," sagde jeg og rakte hurtigt efter hans bryst for at tage fat i det med min højre hånd.

Hun skreg og pressede min pik gennem mine jeans.

"Jeg er ked af, at du ikke vil vente til du kommer hjem," sagde han og gned mig.

Hendes hænder flyttede sig til min lynlås, mens hun hviskede "Måske skal vi se, hvad din pik tænker..." Cinthya lynede mine bukser op og trak med en vis indsats min pik ud af mit undertøj.

"Ahhh, der er det," sagde hun, mens hun strøg mit stenhårde medlem. "Jeg tror ikke, han kan vente, til vi kommer hjem," jokede han, "jeg tror, han vil spille lige nu."

Med det lænede hun sig ned og hvilede sit hoved på mit skød og kørte langsomt sin tunge over hovedet på min pik.

Jeg stønnede og klemte hjulet, mens hun drillede mig.

Hun havde aldrig haft et pikhoved i munden, mens hun kørte på vejen og var spændt på at tjekke dette af hendes bucket-liste.

Hun gled sin mund til min pik og hvirvlede sin tunge rundt om den.

Med et støn begyndte hun at bevæge hovedet op og ned, hendes varme mund drev mig til vanvid.

Jeg stønnede højt og flyttede en hånd til bagsiden af hendes hoved, velvidende at hun elskede at få håret trukket, når hun suttede på hans pik.

Slurrende støj fyldte bilen, mens hun fortsatte med at sutte mig, men jeg tog hver eneste ounce energi, jeg skulle fokusere på at få os sikkert hjem.

Hun trak sin mund fra min pik og stønnede "Du smager så fucking godt" inden hun sugede den på igen.

Jeg vidste, at jeg nærmede mig orgasme, så jeg sagde til hende, at hun hellere ville sætte farten ned, men det fik hende til at ignorere mig, da hendes hoved begyndte at vippe på min pik endnu hurtigere.

Vi nærmede os et stopskilt, og der var ingen biler i sigte, så jeg trak over, tog fat i hendes hår og smed en strøm af sperm ind i hendes mund.

Cinthya stønnede, da hun mærkede spermen sprøjte ind i hendes mund igen og igen og igen.

Jeg kunne ikke huske, hvornår jeg sidst var kommet så hårdt og så hårdt.

Han satte sig langsomt op og kiggede mig ind i øjnene, mens han slugte hver dråbe i munden.

"Tag mig hjem," forlangte han, da jeg bemærkede, at hans fingre var smuttet op i hendes nederdel og arbejdede ekstra under hendes trusser.

***

Jeg vågnede fra mine tanker, da Cinthya vendte sig om og bemærkede, at jeg fraværende strøg min nu dunkende erektion efter at have genoplevet minderne fra sidste nætter i mit hoved.

Hun strakte sig og gabede, før hun puttede sig ind i min side, hendes hånd bevægede sig ned for at flytte min hånd væk fra min pik.

"Det er mit" sagde hun, mens hendes fingre let rørte ved mig.

"All yours" sagde jeg og viste mig at holde mine hænder væk fra hans ejendele.

Han begyndte langsomt at sænke sig ned på sengen og trak lagner og dæksler af mig, mens han bevægede sig.

"Hell yeah, alle mine," stønnede hun, mens hun kyssede sig ned ad min mave, inden hun let kyssede hovedet på min pik.

Endnu et kys førte til endnu et lille kys, og snart havde hun hele min pik i munden igen.

Hun vidste, hvor meget jeg nød at vække mig med et blowjob, men efter i nat ville jeg have, at hun også skulle nyde det lidt.

"Få den lille varme kat, du har her," forlangte jeg, da jeg rakte ud efter hendes ben.

"Du er ikke den eneste sulten her til morgen," drillede jeg.

Med et rulle med øjnene over min dårlige joke drejede hun benene, og snart var vi i den klassiske 69-position.

Lige så meget som jeg elskede at mærke min pik i hendes varme, våde mund, nød jeg endnu mere at lege med hendes fantastiske lille fisse.

Jeg gled langsomt min tunge langs hendes læber, og fremkaldte et støn fra Cinthya , mens hendes mund langsomt bevægede sig op og ned af min pik.

Hendes fingre legede meget let med mine baller, og fra tid til anden tog hun min pik ud af munden, kærtegnede mig og sagde, at jeg skulle spise hendes fisse.

Jeg flyttede mine hænder rundt om hendes ben, så jeg kunne glide mine fingre ind i hendes bløde fisse nu, og hun skubbede mod mig og prøvede at kneppe sig selv ind i mine fingre, så godt hun kunne.

Efter at have kneppet hende med fingeren et øjeblik, gled jeg min tunge tilbage og gned den over hendes lille klit.

"Mmmmm, fuck yeah," hviskede hun, mens hun kælede endnu mere for hende.

Jeg gled mine fingre tilbage i hende, og med min anden hånd slog jeg hendes smukke røv.

"SHIT JA" stønnede han, mens han slog hende igen.

Mens jeg strøg hendes fisse med lange, langsomme strøg, klemte min anden hånd hendes røv, spredte hendes balder og lod mig se hendes lille anus.

Med et smil lod jeg min finger glide langs hendes skede, dækkede den med hendes saft og glidede den ned til hendes stramme hul.

Jeg gned forsigtigt hendes røv og pressede langsomt min finger mod den.

Min anden hånd fortsatte med at arbejde ind og ud af hendes varme, våde fisse, mens jeg legede med hendes stramme lille bagerste hul.

Jeg tog hurtigt mod til mig til at trykke lidt hårdere mod hendes anus, og min fingerspids gik ind i bunden for første gang.

Mens jeg holdt den der, gled jeg min tunge ned til hendes kusse, slikkede og fingerede lidt mere på hendes røv, mens jeg skubbede og gned hende langsomt.

Jeg gled mine fingre ind i hendes fisse og begyndte at lege med hendes klit, hvilket fik hende til at stønne og skubbe mod mig.

Som et resultat gled min finger i hendes røv forbi den første kno, forbi det jeg havde planlagt at gå.

Jeg lagde mine fingre tilbage i hendes fisse og fortsatte med at kneppe hende, min anden finger sad stadig fast i hendes stramme røv.

Det var da, jeg indså, at hun ikke længere suttede min pik, men drejede hovedet i et forsøg på at se på mig.

Hendes hofter vuggede let, og hun stønnede.

"Hvad laver du?"

Jeg stammede, at jeg nød hendes fisse, men hun spurgte mig:

"Rører du min numse?"

Det måtte jeg indrømme, at jeg var og begyndte at undskylde, men inden jeg kunne fortsætte hørte jeg hende stønne "det er så beskidt", og hendes hofter begyndte at bevæge sig lidt hårdere, "fucking beskidte, rørte ved min røv."

"Skal jeg stoppe?" jeg spurgte ham

"Fuck nej, gør det sværere" stønnede han, da hans mund faldt tilbage til min pik.

Jeg pressede min finger mere fast mod hende og blev belønnet med et højt støn.

Jeg opgav at lege med hendes fisse og fokuserede på hendes røv.

Jeg rakte hånden til natbordet og famlede i blinde, indtil jeg fandt den flaske glidecreme, jeg ledte efter.

Jeg gled min finger fra hendes røv, hvilket fik hende til at stønne.

Jeg hældte så noget glidecreme på min finger og begyndte at gnide det stramme lille hul med glidecremen, før jeg trykkede min finger ned igen.

Hun trak vejret skarpt ind og pressede sin røv mod mig og bad mig om at blive ved med at lege med hendes beskidte røv.

Med glidecremen gjorde det det nemmere at glide ind i hendes røv, og snart havde jeg min finger dybt i hendes tidligere jomfruelige røv.

Mens jeg stak min finger ind og ud, stønnede hun højere, end jeg nogensinde havde hørt før, hendes hofter vuggede hårdt mod mig og forsøgte at trænge igennem hver centimeter af hende.

"Jeg spekulerer på, hvor godt din pik ville have det derinde," stønnede hun og kiggede op på mig.

Jeg spurgte ham, om han var seriøs, og han råbte næsten til mig, at jeg skulle kneppe min røv nu.

Hun vendte sig væk fra mig og ventede på sengen på alle fire.

Jeg hældte mere glidecreme på min pik og strøg den, og gjorde den klar til at fylde min kærestes stramme hul.

"Fuck my ass, fuck my ass," blev hun ved med at hviske, hendes hofter svajede fra side til side.

Jeg bevægede mig bag hende og holdt fast i min pik og pressede mit hoved mod hendes rynkede hul.

Jeg trykkede langsomt, og snart gled spidsen ind i hende, og hendes stønnen genlød fra rummets vægge.

Jeg skubbede forsigtigt min pik ind i hendes røv, hendes støn blev højere, mens jeg gik.

Snart fik jeg hele min pik begravet i hendes røv, mine hænder greb om hendes hofter, mens jeg lænede mig frem og spurgte, hvordan hun havde det.

"Fuck det føles så godt" knurrede hun. "Nu fuck min røv, fuck min røv, skat" sagde hun.

Jeg gled langsomt min pik tilbage, før jeg kastede mig tilbage i hende, hvilket fik hende til at hyle af nydelse.

Situationens hede drev mig til vanvid, og før jeg vidste af det, var jeg klar til at eksplodere.

Jeg fortalte hende, at jeg næsten var der, og hun stønnede "cum inde i mig, fyld min røv med din varme sperm!"

Jeg greb hendes hofter fast og kastede min pik ind i hendes røv, og begravede den dybt inde i hende, da jeg nåede et klimaks.

Med hvert mit udbrud kunne jeg mærke spasmerne fra hendes kropsspasmer, indtil jeg var færdig med at fylde hendes røv med min mælk.

Hun begravede sit ansigt i puden og stønnede igen og igen, mens min pik gled ud af hendes godt forpulede røv.

Jeg rullede ind på ryggen ved siden af hende og trak vejret.

Han blev på alle fire og pustede.

Han vendte hovedet mod mig og sagde med et smil "lad os få den pik hård, så snart vi kan, jeg har brug for endnu en fucking af det her med det samme"

RISIKABELT BACK BET

KAPITEL I

Tequilashots, mistelten og den dummeste beslutning i mit liv.

Det var ti måneder siden, men jeg kunne stadig ikke se Jeremy Cartwright ind i øjnene.

Og det river mig.

Ikke kun på grund af den dumme, dumme julefestsex, som jeg fortrød af hele mit væsen, men fordi jeg efter mødet bare havde holdt ud, ville jeg virkelig se på det lige nu.

Og det kunne jeg ikke, for hver gang jeg så på ham tænkte jeg på ham... da jeg forlod ham...

Åh, hvad ville jeg ikke gøre for en magisk hjernejuicer.

Jeg risikerede et kort blik hen over bordet.

Han smilede til mig.

Bastard.

Han kunne ikke huske, hvornår Jeremy sidst mødte et holdmål.

Så hvorfor smilede han til mig over bordet, når han burde have været flov?

For manden havde ingen skam.

Det var ikke mangel på færdigheder, der stoppede ham, nej, Jeremy var bare doven.

Dovendyr.

Han var steget gennem graderne af charme, godt udseende og ingen substans.

Som en, der havde kæmpet med næb og kløer for hver forfremmelse og hvert trin på virksomhedens stigen, gjorde hans ubesværede forfremmelser mig fuldstændig vanvittig.

Den sydlige good boy positur, han havde vundet over alle undtagen mig.

Det havde helt sikkert fungeret med Lucy Sander, den nye manager for Eastern Division-holdet.

Lucy, som netop havde beskyldt mig for ikke at være en holdspiller, på grund af ham.

Jeg, Nancy Harrison, er ikke en holdspiller.

Jeg er ikke en holdspiller?

Jeg er ordbogens definition af en holdspiller.

Jeg gjorde alt for holdet.

Jeg gav alt, blod, sved, tårer og alle andre dumme klichéer.

Det eneste, jeg havde spurgt, var, om vi skulle begynde at tage højde for individuelle mål, når det kommer til kvartalsvise bonusser.

Ud fra hans ansigtsudtryk kunne han lige så godt have foreslået en grosslettelse af unger.

Det var ikke kun Lucy, der reagerede dårligt; de så alle på mig, som om jeg var Cruella De Ville.

Alle troede, at han havde en form for ond dagsorden til at omkonfigurere bonusstrukturen.

Jeg prøvede ikke at få nogen ud af et bånd.

Alle havde fuldstændig mistet betydningen af det, jeg sagde.

Jeg elskede at arbejde for Williams Resource Recovery.

Jeg kom til virksomheden direkte fra universitetet, da det kun var en nystartet virksomhed inden for det relativt nye område med rådgivning om miljøressourcegenvinding og emissionsreduktion.

Jeg levede for virksomheden og dens idealer, især dens inkluderende ledelsespolitikker.

Han gik stærkt ind for at fremme et kooperativ frem for et konkurrencedygtigt virksomhedsmiljø.

Jeg ønskede ikke fuldstændig at bryde ånden i de kollektive mål.

Jeg ville bare, jeg ville bare... jeg ville bare...

At straffe dovne Jeremy Cartwright.

Det var det, jeg ville.

"Hvad er dit problem?" Jeg hvæsede til ham over bordet og hadede den måde, jeg lød på, som en slags dement spidsmus.

Jeg er ikke sådan, denne vrede og bitre person, det var på grund af ham, kun ham, der fik mig til at handle på denne måde.

Han grinte.

Han lo sagte, som om det var lidt sjovt, hvilket kun fik mig til at hade ham mere.

Vi var de sidste tilbage i mødelokalet.

Jeg var blevet, for hvis jeg ikke praktisk talt havde limet min numse til sædet og grebet armene på stolen, ville jeg være stormet ud af rummet i et raserianfald, der afsluttede karrieren.

Jeg ville ikke rejse mig fra min stol, før mine ben ikke længere rystede af Jeremy Cartwright-induceret vrede.

Hvordan jeg ville tage hans dumme smilende stilling væk, men som om han kunne mærke, hvor tæt han var på at knække mig, var Jeremy blevet tilbage for at drille mig med sin melodiske latter.

"Mit problem, skat? Hvad er dit problem? Jeg er ikke den, der får hvide knokler, når jeg har det svært til møder."

"Hvide knoer? Jeg har dem ikke, jeg er..."

Min forargelse forsvandt, da jeg indså, at mine fingre var blevet følelsesløse af greb-induceret blodtab.

Jeg tog fingrene fra armene på stolen, tog en dyb indånding og begyndte en indre sang.

Jeg er rolig.

Jeg er rolig.

Jeg er rolig.

Jeg gjorde et ret godt stykke arbejde med at berolige mig selv – de hvide prikker var forsvundet fra mit perifere syn, og jeg kunne ikke længere mærke mit forhøjede hjerteslag i min pande – da han begyndte at nynne.

Den rottebasser.

Sidste jul, sangen, der havde spillet, da vi... da han...

Åh Gud, det skulle hun ikke, hun ville ikke tilbage dertil, ikke nu.

Jeg tvang mig selv til at se op for at møde hans onde blå øjne.

Jeg talte langsomt, i et forsøg på at forhindre den skingre vrede, der kogte i mit blod, fra at sive ind i min stemme:

"Mit problem, Jeremy, er, at du ikke kan nå et simpelt mål for at redde dit dovne, værdiløse liv."

"Virkelig?" trak han.

Jeg kaldte ham bare doven og ubrugelig, og manden havde ikke engang anstændighed til at lyde en smule irriteret.

Han bøjede bare hovedet, som om jeg havde fortalt ham noget interessant.

"Nancy, jeg vil nå de mål. Faktisk vil jeg ikke kun opfylde dem, skat, men jeg vil overgå dine."

Jeg kunne ikke lade være med det højlydte fnys.

Jeg var nødt til at lave sjov.

Virkelig?

Der var ingen måde, han var seriøs.

Det sidste år var det ikke engang tæt på at nå målet.

"Ret. Ja."

Jeg lænede mig hen over bordet og punkterede hvert ord med et hånende rysten på mit hoved.

"I dine drømme."

Den sydlige good boy facade forsvandt et øjeblik, og de bløde blå øjne blev iskolde.

"Vil du vædde på noget Miss Harrison?"

Jeg var pludselig bekymret, faktisk bange, hvilket ikke gav nogen mening, fordi hans bravader ikke havde nogen chance for at fange mig, og endnu mindre overgået mig.

Målene skulle forelægges på mindre end tre uger.

Men af en eller anden grund ville han ikke spille.

Hun ville ikke risikere at lære hensigten med det, der lurede i det iskolde blik.

Jeg svarede ikke.

Da jeg besluttede mig for at være voksen, rejste jeg mig og gik rundt om bordet i retning af udgangen.

Med hvert skridt væk fra mig gjorde jeg det klart for ham, at jeg var for moden til at lege med disse ting.

Jeg nød at spille modenhedskortet, men da jeg stødte mod ham, rakte han ud og tog min arm.

"Er du bange?" han udfordrede mig med hans bløde sydlige træk.

Jeg gav ham hånden.

"Ja. Selvfølgelig. Jeg ryster. Fuldstændig rædselsslagen. Ryster i min røv."

Jeg vendte mig om, lænede min numse ind i ham og rystede ham og bevægede mig som en statist i en rapmusikvideo.

Min store fejl.

Han grinte.

Et dejligt rygte, der uden tvivl fik alle kvindelige øre, der kunne lytte, til at sukke af lyden, alle undtagen mig.

Han rejste sig, lænede sig tættere på, så tæt på, at hans ru hage børstede mit øre, og jeg måtte kæmpe mod et gys.

Mens han lænede sig op ad min numse, mumlede han:

"Hvad med at vi satser på den røv?"

Jeg vendte mig om og skubbede ham med begge hænder mod hans bryst.

"At?"

"Væddemålet er på din røv, Miss Harrison. For stærkt til dig? Vil du trække dig tilbage?"

Jeg kiggede på de åbne døre til mødelokalet for at kontrollere, at ingen havde hørt hans ord, før jeg hviskede til ham.

"Væddemålet går begge veje kammerat. Er du klar til at møde det tab, smukke dreng?"

Jeg stirrede på hans numse, hvilket fik ham til at grine igen.

"Jeg tror, jeg er ret sikker med det," sagde han.

Hvilket gjorde mig vred.

Latterligt vred.

Dumt nok til at række min hånd frem og sige:

"Du har det som en smuk dreng."

Dumt, ikke fordi jeg troede, jeg kunne vinde, men fordi jeg gav efter for hans påstand om at involvere mig i dette væddemål.

"Skat, jeg slår dig i næste uge," sagde han med et blik på min udstrakte hånd, der fik mig af sporet.

"Det er, hvad du gerne vil."

Jeg gloede på ham, hvilket kun fik hans grin til at blive til et bredt grin.

Jeg var ved at trække min udstrakte hånd tilbage, da han tog den og trak mig til sig.

Han lænede sig ind med munden mod mit øre, sandeltræet og mandsduften brændte med ham.

"Åh skat, vi kender begge sandheden. Gør vi ikke?"

Lyden af hans stemme.

Duften af hendes hud.

Varmen fra hans krop mod mig fik mig til at trække sig tilbage.

Igen de pokkers Whams spinder i sang.

Mistelten hængende på kontordøren.

Smagen af rom og fondantkage på hendes læber.

Varmen fra hans hånd, der slår min numse.

Den hårde trækant af skrivebordet bider i mine hofteben.

Lyden af min stemme, der skriger i orgasme og tigger om mere.

Den aften.

Den dumme og hensynsløse nat havde jeg cirklet en finger våd af mine egne safter mod min anus.

Igen og igen havde han drillet det hemmelige sted, hvert strøg lidt dybere, indtil han havde skubbet alt indenfor.

Hans dybe stemme buldrede i mit øre og fortalte mig, at næste gang han fangede mig, ville det være derovre.

Jeg rystede hukommelsen af.

Der var ingen næste gang.

Der ville ikke være nogen næste gang.

Der var ikke nok tequila i verden til at bringe mig tilbage til den situation.

"Du er så anspændt , Nancy. Så nervøs. Jeg kan hjælpe dig med det," mumlede han, mens han sænkede sin hånd for at hvile i kurven på min bagdel.

Et hedeslag skød gennem mig ved hans berøring.

Jeg gik væk, skamfuld over, hvor våde minderne havde gjort mig.

Hvad handlede denne mand om?

Hvordan kunne han gøre mig så vred og stadig vil have ham?

Jeg var ved at trække væddemålet tilbage.

At fortælle ham, at det hele var en stor dum fejl, da han i det øjeblik lagde en finger på mine læber.

"Shh, Nancy, ingen tid til at tale, jeg må tilbage på arbejde, hvis jeg skal slå dine tal."

Og så var han væk.

Ikke særlig hurtigt.

Stadig på den sydlige "alverdens tid"-måde gik han ud af mødelokalet og tilbage til sit kontor.

KAPITEL II

Tracy fandt mig ved mit skrivebord.

Hvordan vidste du, at det ville være her?

Jeg havde bevidst undgået spisestuen i det forgæves håb om, at jeg kunne komme ud af denne samtale, men det eneste, jeg syntes at have gjort, var at forsinke det uundgåelige.

"Så," sagde han og lænede sig hen over mit skrivebord, "du ligner Grinchen. Jeg hører, du prøver at stjæle vores fagforeningsobligationer."

Jeg svarede ikke.

Han satte sig i min gæstestol uden at spørge og kom hen og tog en masse tobak og duften af marihuana med sig.

"Du ved, hvad problemet er, ikke?"

Jeg vidste, hvor det her skulle hen.

Hvor det altid gik med Tracy...

"Du skal have den mand ud af dit hoved"

... under bæltet.

Ifølge Tracy var der ikke en fandens ting i verden, som det at være en god tæve ikke kunne løse.

Fra krisen i Mellemøsten til en dårlig dag: Han formåede altid at finde en måde at reducere det hele til sex.

Jeg sukkede og sænkede hovedet for at banke på skrivebordet.

"Mind mig igen, hvorfor er du præcis min bedste ven?"

Hun lo, en sød lyd blandet med en rasp, et produkt af en livslang hengivenhed for smagen af Lucky Strike.

"Fordi du skulle sige dit job op for at finde en anden og..."

Jeg afbrød og afsluttede hans sætning...

"...jeg ved alt om dig, så mere end du gør alligevel."

"Wow. Huh."

Han strøg mit hoved ned.

"Du har brug for en klipning, skat. Hvorfor går du ikke tidligt i dag? Gud ved, at han skylder dig n timer."

Jeg satte mig op og kørte en hånd gennem mit hår og tog mit lange pandehår op.

"Jeg kan ikke, jeg har brug for..."

"Du skal blive kneppet. Du skal blive klippet. Du har brug for et liv. Det er det, du har brug for. Jorden kommer ikke til at synke ned i kulstofkaos, fordi du forlader virksomheden lidt tidligt for at ordne dig selv."

Jeg sukkede.

Mit pandehår falder igen over mit ansigt.

Jeg blæste det væk med et pust.

Måske havde hun lidt ret, men hun vidste, at jeg var for stædig til at indrømme det.

Vi kiggede på hinanden, jeg rynkede panden gennem et hårgardin, og hun smilede, det perfekte skønhedsdronningssmil.

Han smilede et falsk smil til mig.

Jeg brød først.

Hvis det ikke havde været for det møde og den dumme Jeremy Cartwright, havde jeg måske haft udholdenhed til at holde mit blik lige, men jeg gav op.

Det var hans skyld.

Det hele havde været hans skyld.

"Okay," sagde jeg.

Tracy rejste sig.

"Jeg ved, jeg har ret," sagde hun, mens hendes skønhedsdronningssmil blev til et stort smil.

"Jeg sagde ikke, du havde ret."

Han dækkede sit øre med hånden og sagde:

"Hvad var det? Jeg hørte ikke noget, efter du sagde, at jeg havde ret."

Jeg mumlede en ubrugelig "tæve", da hun bakkede tilbage.

Han standsede ved døren og sagde over skulderen:

"Åh, jeg bestilte en tid til dig klokken fire med Dustin i frisørsalonen. Kom ikke for sent. Og gør som du får besked på."

"Hvad? Jeg vil bare have en klipning. Ikke andet," råbte jeg, men hun var allerede rundt om hjørnet.

KAPITEL III

Jeg kom tilbage næste dag med mit hår klippet, farvet, poleret, vokset og næsten fire hundrede dollars dårligere.

På trods af det uventede pengeudlæg havde jeg det ret godt med mig selv, indtil jeg så det.

Han lænede sig op ad kontorets dørkarm og lignede en af de store katte, hun havde set på Discovery Channel i går aftes.

Med sit rødlige-blonde hår og rovsmil var det let at forestille sig hans hoved som hovedet på en løves stolthed.

Han førte sine øjne fra mit hoved til mine fødder og så langsomt op i bakgear for at ende på mit ansigt igen.

Den måde, han så på mig, gjorde mig nervøs.

Jeg stoppede.

Jeg stoppede lige midt i hallen.

Jeg var ikke klar over, at jeg var frosset som et lamslået bytte, indtil nogen strøg forbi mig på armen, og jeg knækkede.

Han grinte.

Rasende gik jeg hen til ham og slog ham for brystet.

Han fangede hende og holdt hende fast.

"At?" sagde han med en irriterende falsk uskyld.

Jeg huffede, trak min hånd fra hans og skubbede forbi ham for at fortsætte mod mit kontor og tabte min taske på skrivebordet.

Annabelle, kvinden jeg havde delt kontor med i de sidste to år, var på barsel, så jeg havde kontoret for mig selv.

Jeg kunne godt lide det på den måde.

Hun var ikke rigtig en pige, der kunne lide shared space.

Og i en perfekt verden ville jeg have et kontor for mig selv i et hjørne.

Jeremy gik ind uden at spørge og satte sin stramme røv på Annabelles skrivebord.

Jeg ignorerede ham, tændte for computeren og gennemgik mine e-mails, som om han ikke var på kontoret.

Han rømmede sig.

Jeg holdt mine øjne rettet mod skærmen.

Han lo og jeg mærkede en vred puls begynde at slå i min pande.

"Du ser dejlig ud skat."

Jeg vendte mig om for at se på ham.

Jeg var smigret dengang, forventedes jeg at takke dig for noget nu?

Lidt usandsynligt at ske.

"Jeg ved det," sagde jeg med en knurren.

Klukkende trådte han frem for at læne sig op ad mit skrivebord.

Hun skubbede papirerne fra bordet og lænede sig op ad det på sine albuer.

arrogant bastard

Jeg gloede på ham.

Han lænede sig tættere på mig.

"Tracy fortalte mig, at du gik tidligt i går for at besøge skønhedssalonen."

jeg nikkede .

Han rakte en hånd op og trak i et krøllet hårstrå i mit hår.

"Du fiksede dit hår."

Jeg nikkede igen.

"Ellers andet?"

Jeg skubbede væk fra skrivebordet og vendte min stol væk fra ham.

Ved dens lugt.

Ved hans tilstedeværelse.

Hans øjne gled ned ad min krop og stoppede bevidst ved krydset mellem mine ben.

Hans blik var en brændende hede, som jeg mærkede pulse mellem mine spændte lår.

Jeg var blevet barberet.

Mere end han forventede, havde Tracy tilsyneladende forklaret Dustin nogle særlige ønsker.

Jeg modstod den fulde barbering og foretrak, at min spillebane i det mindste var lidt græsklædt.

Hvordan vidste han det?

"Tracy," mumlede jeg.

Han lo, skubbede sig væk fra skrivebordet på fødderne og nikkede.

"Har han fortalt dig det? Har han fortalt dig om min voksning?"

Jeg kunne ikke tro, hun ville gøre det!

Hvorfor skulle hun gøre det?

Han lo igen, højere.

Da han var færdig, sagde han:

"Åh skat, hun fortalte mig, at du har været i salonen. Hun fortalte mig, at du har vokset over dig selv."

Mit ansigt blev rødt som en brandbil.

"Har du gjort det for mig?" spurgte han og bøjede hovedet.

"Hvad hvis jeg gjorde det? Hvad hvis jeg gjorde det?" Jeg stammede: "Er du seriøs? Spørger du mig seriøst om det?"

"Nej. Egentlig ikke. Jeg kan bare godt lide at lege med dig. Du må hellere komme tilbage på arbejde. Så hvis du tager højde for, hvor tidligt du tog afsted i går, må du indhente det i dag."

Hun var stadig kæbefaldende længe efter han var gået.

KAPITEL IV

Tracy fandt mig på den måde.

"Åh skat, dit hår ser godt ud på dig. Hvad? Hvad?" Hun kiggede sig over skulderen. "Hvad kigger du på?"

Jeg rystede på hovedet.

Hun nikkede og satte sig ved Annabelles skrivebord.

"Aaah, Jeremy var her, var han ikke?"

"Ja, det var han. Røvhul."

"Hvorfor hader du den mand så meget?"

"Han er doven. Han har ikke gjort noget, siden han kom her. Han dukker bare op og ser perfekt ud og får alt, hvad han vil have."

"Virkelig? Hmmmm."

Tracy løftede et øjenbryn og bøjede hovedet.

"Hvad skal det betyde?" udbrød jeg.

"Verden er helt sort og hvid for dig, ikke? Godt og dårligt. Ingen gråtoner."

"Der er ingen grå her," sagde jeg og forudså den sidste kvartalsrapport, jeg havde læst i går eftermiddags, "her er sort og hvid, hvem der arbejder, og hvem der ikke gør. Jeremy er det ikke. Det har han ikke siden han flyttede fra Chicago sidst. år".

Tracy rystede på hovedet.

"Nogle gange, skat, er den virkelige historie ikke i avisen. Det er i personen."

"Jeg kender personen," sagde jeg, "han er en arrogant fjols. Det er personen. Se, jeg er nødt til at arbejde. Hvis alt du har nu er kryptiske meninger om Jeremy Cartwright, kan vi omlægge denne samtale til frokost... Eller måske aldrig?

Tracy rystede igen på hovedet, før hun nikkede hurtigt og gik hen til døren for at gå.

Han standsede ved døren, vendte sig om og sagde:

"Husk, skat Nancy, der er mere i livet end bare at gøre et godt stykke arbejde. Jeremy Cartwright er det eneste, du har været passioneret omkring noget andet end reduktion af CO2-emissioner eller præsidentens kampagne. Jeg vil have dig til at tænke over det. Sikkert det betyder noget."

"Det betyder ikke noget. Han betyder ikke noget."

Hun trak på skulderen og sagde over skulderen, da hun gik:

"Jeg siger ikke, at du skal gifte dig med fyren. Bare kneppe ham lidt."

Så vred som alle hendes kryptiske kommentarer om Jeremy havde gjort mig, kunne jeg ikke lade være med at grine af hendes svar.

Fuck ham lidt.

Jeg har allerede gjort det.

På netop dette skrivebord, faktisk.

Mine forræderiske brystvorter hærdede ved hukommelsen.

Jeg slukkede for flashback, før det overtog hele min krop og gik tilbage til min computerskærm.

Hun havde arbejde at gøre, ingen tid til Jeremy Cartwright.

KAPITEL V

Jeg arbejdede indtil frokost.

Tracy stak kort hovedet ind for at skælde mig ud, men jeg ignorerede hende og gik i gang.

Det var først, da jeg så op fra computerskærmen for at strække min ømme ryg, at jeg indså, at gangens lys var slukket.

Det var mørkt.

Jeg kiggede på mit ur og så, at klokken var næsten ni om natten.

Min mave knurrede i protest.

Jeg skubbede mig væk fra mit skrivebord, rejste mig og gik for at finde den nærmeste automat.

Hun stod foran automaten og forsøgte at retfærdiggøre kombinationen af flere pakker emballeret mad som en nærende middag, da elevatordørene åbnede.

Jeg lugtede det, før jeg så det.

Thai mad.

Duften af krydret lime og hvidløg svævede gennem luften og fik mig næsten til at besvime.

"Pringles til middag?"

"Og en kuvert med jordnødder," svarede jeg.

Jeremy lo.

"Godt, for det gør hele forskellen."

"Selvfølgelig gør det."

Holdende Pringles sagde jeg:

" Kartofler", og så pakkerne med jordnødder, "frø".

Han løftede plastikposen med mad, som han holdt i sin venstre hånd,

"Cartwright's Thai. Nok til to. Vil du have nogle?"

Jeg rystede på hovedet, mens min mave skreg en pinlig knurren og sagde ja.

Jeremy kiggede spidst ned på min stadig stønnende mave, og hans mundvig rykkede i et underholdt smil.

"Okay," sagde jeg og rakte ud for at få fat i posen fra hendes hånd, "så lad os gøre det her."

"Med sådan en elskværdig accept er jeg mere end glad for at overholde."

Han rakte hånden frem foran sig og gav mig en lille bukke.

"Vær venlig at vise vejen."

Jeg rynkede panden, vendte om på hælen og gik mod pauserummet.

Han tog fat i min arm, og hans fingre strammede om mit håndled.

"Øh, øh," sagde han, "på mit kontor."

"Fordi?"

"Fordi det er min mad, og jeg kan se, hvor vi spiser det."

Jeg ville fortælle ham, hvor han skulle stille sin mad, men tanken om at tage tilbage til Pringles og en jordnøddemiddag fik mig til at holde ordene tilbage.

"Okay," sagde jeg og rystede min arm ud af hans hånd.

Han slap mit håndled og med et lille smil førte han sin hånd op til mit ansigt.

Han førte en finger ned af min pande til min kæbe, og stak derefter en løs hårstrå bag mit øre.

Jeg holdt vejret, så han ikke ville give slip.

Han kom tættere på.

Jeg sukkede, lukkede øjnene, bøjede hagen og ventede, klar til et kys, der ikke kom.

Han gik væk.

Jeg mærkede tabet af hans nærhed, da en kuldegysning løb gennem min krop.

Sikke et fjols!

Hvad tænkte jeg og ventede på, at han kyssede mig?

Jeg kiggede op og forventede at se ham smile til mig, men i stedet...

Luften strømmede ud af mine lunger igen, da jeg mødte hans øjne.

Blå Ild.

Varmen skyllede ind over mig.

En bølge af lyst, der nærmest bøjer mine knæ.

"Kom så," sagde han.

"Kom nu?"

Han pegede på den glemte plasticpose, der dinglede fra min hånd.

"Åh, middag," sagde jeg og nikkede og gik hen for at følge ham til hans kontor.

Hans kontor lå i et hjørne.

Med to vinduer med spektakulær udsigt og uden at skulle dele.

Endnu en grund til at jeg ikke kan lide det.

Han tændte ikke lyset, da vi gik ind, hvilket jeg fandt ret mærkeligt.

Hun var ved at tænde lyset, da hun tændte en skrivebordslampe og badede rummet i blødt gult.

"Fint," sagde jeg og pegede på den gamle messingbordslampe.

"Min bedstefar gav mig den," svarede hun, mens hun trak sin stol ud bag skrivebordet og stillede den ved siden af gæstestolen. "Du kan sidde."

Det gjorde jeg, og ville ønske han ikke havde flyttet sin stol så tæt på min.

Hans knæ stødte ind i mig, da han satte sig.

Hun rakte ind i posen og trak de små kartoner med mad, to flasker vand og to sæt sølvtøj ud.

To?

Jeg tog det tilbudte bestik og kunne ikke dy mig.

Jeg kunne aldrig gøre det.

Ubesvaret nysgerrighed ville æde mig op.

"Hvorfor to spil?" Jeg spurgte ham.

"Jeg vidste, du stadig var her. Jeg vidste, du ikke havde spist."

"Hej!" Jeg protesterede og pegede på beholderen med Cartwright's Thai, som jeg havde placeret over mine knæ på skødet.

Han himlede med øjnene.

"Rigtig mad. Jeg vidste, du ikke ville have spist rigtig mad."

"Så," sagde jeg og skubbede en overbelastet gaffel fuld af thailandske nudler ind i min mund, "hvorfor er du ligeglad?"

"Jeg er ligeglad," sagde han og rettede de blå øjne på mig.

Jeg var pludselig nervøs.

Så jeg gjorde det, der faldt mig naturligt i de øjeblikke.

Jeg begyndte en usammenhængende pludren af ubrugelig information:

"Thailændere bruger ikke spisepinde. Der er ingen spisepinde. Vidste du det? En gaffel og en ske. Det er det, de bruger. En af de få asiatiske nationer, der gør. Gaffelen bruges til at ske med mad. Man spiser fra skeen. Efter annekteringen af..."

Han rakte ud og rørte blidt ved mit knæ.

Det forskrækkede mig og stoppede min pludren.

"Spis," sagde han.

"Okay. Synes godt om."

Vi spiste i stilhed.

Jeg spiste mere, end jeg havde brug for for at holde munden fuld.

Ellers ville jeg have sluppet alle de spørgsmål ud, der svir lige under overfladen.

Hvorfor brød han sig om mig?

Hvad ville han mig?

"Tak for aftensmaden," sagde jeg og tog en sidste synk af mit vand, inden jeg stod op.

"Intet problem," svarede han, mens han krogede sin hånd om min hofte og trak mig mod sig.

Jeg snublede og spredte mine ben for at få balance.

Han skubbede et lår mellem mine spredte ben og spredte sig bredere, mens han skubbede mig ned, og tvang mig til at skræve over ham.

Begge hænder gled op i min nederdel og trak i stoffet, indtil det samlede sig om mine hofter.

Hans tommelfingre trak ned ad mine inderlår, indtil de børstede kanten af mine trusser.

Jeg kunne ikke lade være, jeg vuggede frem i åbenlys opfordring.

Han grinede.

Lyden gjorde mig næsten rasende, men hans tænder fandt min brystvorte.

Shit.

Varmen strømmede gennem mig, mens jeg rykkede i den ømme spids.

Ru.

Hårdt.

Ja.

Ja, det var det, jeg ville.

Hvad jeg havde brug for

Hvordan vidste han det?

Hans fingre greb fat i den runde del af mit lår, og bed sig ind i huden, da hans tommelfinger dykkede under den elastiske kant på mine trusser.

Hun bevægede sig lavere og sank ned i poolen af fugtig varme, hendes berøring havde skabt.

Han skubbede ind, dækkede sin tommelfinger og trak den så op til min klit.

Shit.

Glat og våd af mit behov rørte hans tommelfinger min klit med præcision.

Jeg svajede ind i hans hånd, krummede ryggen og skubbede mod hans tommelfinger og tvang ham videre.

"Sig mig," sagde han, med munden stadig på min brystvorte, hans ord vibrerede mod min hud.

"At?"

"Fortæl mig, at du vil det her ... at du vil have, at jeg gør det mod dig."

Hans ord gennemborede lystens tåge og bragte mig tilbage til den virkelige verden.

Hvad fanden lavede hun i løbetid på Jeremy Cartwrights skød?

"Ingen!" Jeg rettede fødderne på jorden og skubbede op.

Jeg rejste mig fra hans skød for at stille mig foran ham.

Hans hånd gled fra mine trusser, da jeg gjorde det.

Jeg lagde mine hænder på hans skuldre for at få balance og kravlede ud af hans skød.

Med skælvende hænder glattede jeg min nederdel ned.

Da det ikke længere var afsløret, sagde jeg:

"Jeg vil ikke have det her. Jeg vil ikke have dig."

Han lo, en hul lyd.

Hun førte sin stadig fugtige tommelfinger til munden, trak spidsen hen over sin underlæbe og førte derefter sin tunge hen over pletten.

"Du lyver," sagde han, "du ved det. Og jeg ved det."

"Snavs. Det er ikke dig. Det er bare et stykke tid siden, jeg har gjort det. Jeg kunne have reageret på, at nogen havde tjekket det på mig."

"Hvor længe?" spurgt.

Ti måneder, tænkte jeg, men svarede:

"Det rager ikke dig".

"Gå så," sagde han og pegede på døren, "løb Nancy. Du er sikker i dine små løgne for nu."

"Hvad mener du nu?"

Jeg forbandede mig selv for at svare ham.

Hvorfor kunne han ikke lade det være?

Hvorfor skulle han altid vide det?

Han tog et skridt hen imod mig.

"Når jeg vinder vores væddemål. Før jeg tager din røv, vil jeg få dig til at indrømme det. Indrøm, at du elsker mig."

"Ja? Du..." Jeg stoppede mig selv, før jeg så for tåbelig ud, men jeg kunne ikke lade være med at tage et skridt og stikke en finger ind i hans bryst.

Han trak min finger tilbage fra sit bryst og låste min hånd i hans.

"Du vil bede mig, Nancy Harrison."

"Ikke i dine drømme," hvæsede jeg, vendte mig væk og gik ud af hans kontor.

Jeg var to trin nede af gangen, da jeg stoppede, vendte mig og gik tilbage til hendes åbne dør.

Han sad ved sit skrivebord og kiggede mærkeligt på sin skrivebordslampe.

"Tak for middagen."

Han kiggede op og smilede til mig, at hvis jeg overhovedet var tilbøjelig til at være ærlig, måtte jeg indrømme, at mine knæ blev til vand.

I stedet for at være ærlig udstødte jeg en vred knurren og gik tilbage på gangen.

KAPITEL VI

"Han snød," hviskede jeg og måbende over den e-mail, jeg lige havde modtaget.

"Hvem snød?" spurgte Tracy.

Jeg sad på kanten af mit skrivebord og inspicerede hendes negle og ventede på, at han var færdig, så vi kunne få drinks efter arbejde.

"Jeremy Cartwright har overskredet målene".

"Jeg ved det," sagde han med fuldstændig ligegyldighed over for blandingen af adrenalin, panik, begær og raseri, der hvirvlede i lige dele gennem min krop.

Hun havde ikke fortalt Tracy om væddemålet.

Det var for dumt og barnligt at tale om det, og da det havde at gøre med Jeremy Cartwright og sex, var hun ikke i tvivl om, at Tracy ville være på hendes side.

"Hvad mener du, du ved?"

"Han har lige fået det fulde beløb tilbage på sin konto. Så selvfølgelig vil han toppe listen."

"At?" ordet kom ud som et højt skrig.

"Han har været på kontoret på deltid. Han kom her fra Chicago for at tage sig af sin bedstefar. Men nu er han kommet på plejehjem på fuld tid, så han er også tilbage på fuld tid."

"Hvordan vidste jeg ikke det?"

"Måske fordi du aldrig forlader dit kontor? Måske hvis du talte med en anden end mig..."

Ræk hånden op.

"Wow, så jeg taler med dig. Så hvorfor fortalte du mig det ikke?"

"Efter den forbandede julefest havde du dine trusser så videre," sukkede hun, og hun holdt fingrene op for at lave anførselstegn og sagde, "hun forbød mig at nævne hendes navn."

OK, så måske var alt dette sandt.

Måske var han ikke så doven, som han troede.

Men han var bestemt lige så snedig, som han troede.

Han vidste, at han ville være tilbage på fuld tid.

Væddemålet var rigget!

Han hælder til hans fordel hele tiden.

"Hvor skal vi have en drink?"

Hun rynkede panden.

"Harry's, hvor vi altid går."

"Nej. Lad os gå til Irishman."

"Irsk mand?" Tracy løftede øjenbrynene så højt, at de næsten skød ud af hendes ansigt. "Du hader Irishman. Det er der, de alle går hen."

"Jeg ved."

Det er der, han ville være.

Den snedige løgnerrotte og bastard.

KAPITEL VII

Han var der ikke.

Endnu en grund til, at min vrede stiger.

Jeg hadede irer.

Det var et yndet tilholdssted for typiske mæglerklædte ekspedienter og desværre, hovedsagelig på grund af nærheden, af Williams Resource Recovery.

Jeg rasede i omkring tredive minutter for at tidens mand skulle nå frem.

Det gjorde hun ikke, så jeg forlod Tracy ubevidst glad for hendes cocktail (og en naiv ung handelsbankmand) og gik tilbage over gaden for at se, om hun stadig var på sit kontor.

Der var.

Han ventede åbenbart på mig, for da jeg åbnede hans dør, gjorde han ikke meget mere end at læne sig tilbage i stolen og smile.

"Du snød."

"Ikke helt rigtigt, Miss Harrison. Alle oplysningerne var tilgængelige for dig. Du fik det bare ikke eller fandt det ikke interessant at få det."

Sandheden i hans ord stak mig.

"Lad os så gøre det," sagde jeg i et glimt af adrenalinladet bravader, som jeg fortrød i det øjeblik, mine læber tætte sig om ordene.

"Luk døren," afgav han kommandoen og rejste sig.

Mit hjerte bankede hårdt.

Min hals trak sig sammen.

Jeg vendte mig mod hans dør og tænkte på en lækage.

Jeg er ikke sikker på præcis, hvordan mine rystende fingre var i stand til at aktivere låsemekanismen.

Jeg vendte mig mod ham.

Varme og skræmmende kuldegysninger kørte i modstridende bølger hen over min krop.

Jeg begyndte at svede samtidig med, at der løb små nålestik gennem min hud.

Jeg huskede, at han på sit skrivebord havde sagt, at han ville have mig, så, benene svage af frygt, rejste jeg mig, indtil mine lår ramte træet.

Han havde flyttet sig fra skrivebordet for at dukke op bag mig.

Jeg fikserede mine ben og lukkede knæene.

Jeg nægtede at lade ham se mig skælve.

Han puttede sig tæt.

Jeg kunne mærke varmen fra hans krop.

Jeg drejede hovedet, kiggede mig over skulderen, men fik ikke øjenkontakt.

"Nederdel eller ingen nederdel?" spurgte jeg med fingeret ligegyldighed.

Han klukkede, en buldrende lyd, der vibrerede mod min hals.

"Er du så ængstelig?" mumlede hun.

"Gør det bare allerede," udbrød jeg ordene gennem sammenbidte tænder.

"Sagde ikke.

"Hvad mener du nej? Det var din dumme idé!"

Jeg vendte mig om og fandt mig selv fanget i hans arme.

Hun havde lænet sig over for at hvile sine håndflader på skrivebordet.

Han talte imod min nakke.

"Nej, det vil jeg ikke," hendes læber slæbte bløde kys hen over de spændte sener mellem hvert ord, "jeg vil have dig. Våd. Ønsker. Tigger."

"Jeg vil ikke tigge," sagde jeg, mens jeg buede min nakke tilbage for at give hans syndige mund mere plads til at bevæge sig.

"Du kommer til at gøre det." Han førte en hånd til min hage for at løfte mit ansigt op for at se på ham. "Du elskede det sidste gang. Du ville have mere, gjorde du ikke?"

Jeg kæmpede mod grebet om min hage og rystede på hovedet.

Han sænkede sin mund til mig, hans læber bevægede sig over mine og han sagde:

"Løgner".

Jeg åbnede op for ham uden at tænke.

Jeg lod hans tunge finde vej til min og sukkede af fornøjelse, da den våde spids spillede mig så godt.

Godt.

Så godt.

Sådan var det faldet sidste gang.

Det havde ikke været tequilaen.

Det havde været hans mund.

Det var det, der havde beruset mig til at sprede mine ben.

Jeg buede ind i ham og elskede fornemmelsen af hans hårde bryst, der pressede mod mine bryster.

Hans mund forlod min, og jeg kunne ikke lade være med det skuffede suk, som tabet udsendte.

Han kom på knæ.

Jeg så på ham, mens hans hænder langsomt bevægede sig op ad mine lægge.

Hans hænder stoppede på mine knæ for at sprede mine ben bredere.

Jeg gjorde det uden protest.

Under min nederdel kom fingrene.

Glider dem, glider dem langs den bløde, følsomme hud på mine indre lår.

Nederdelen fangede mine ben, og da jeg prøvede at sprede dem bredere, ville jeg pludselig tage den af.

Jeg ville have det hele ud.

Jeg kørte mine fingre hen til sidelynlåsen på min nederdel, men den rokkede sig ikke.

Jeg famlede efter nederdelen.

Frustreret udstødte jeg en forbandelse, der fik ham til at grine.

Virkeligheden greb ind ved lyden, og jeg indså, hvor hurtigt jeg havde kapituleret.

Tanken gjorde mig rasende: Åh, hvor må han elske det!

Jeg slap lynlåsen i et puf og kiggede ned, klar til at sige noget sarkastisk, da jeg fik øje på hans øjne.

Der var ingen latter der, ingen triumf, bare rå, nøgen nød.

Det ramte mig hårdt.

Luften forlod mine lunger i en mumlen.

Virkeligheden opløstes med hendes behov for at blive kneppet.

Luften ændrede sig dengang i det øjeblik.

Det gik elektrisk, gnister med tinder af vores behov.

Jeg rev siden af min nederdel.

En gennemtrængende lyd, der rev gennem luften, men jeg var ligeglad.

Jeg ville have det hele ud.

Udsolgt.

Lige nu.

Han hjalp mig med at sænke min nederdel.

Det samlede sig for mine fødder og efterlod mig stående i bare mine hæle og knæhøjde.

Jeg gik for at tage mine sko af, men han rystede på hovedet og udstødte ordet

"Ingen".

Hun havde simple trusser på.

Ikke noget fancy, ingen blonder, bare pink bomuld, men de fik ham stadig til at stønne.

Jeg følte en bølge af glæde ved lyden.

Hans fingre angreb min bluse og trak i de perlefarvede knapper med fuldkommen foragt.

Jeg hørte et ping fra hylden, da han åbnede min bluse.

Så rejste hun sig og trak skjorten over mine skuldre og kørte sin hånd op ad mine arme for at fjerne den helt.

Han trak sig væk og så på mig.

Jeg bekæmpede trangen til at dække mig til og gravede fingrene ind i kanten af skrivebordet.

Tiden stod stille, mens han så på, indtil han blev mæt.

Min åndes gisp brød stilheden på kontoret.

Vente.

Tid.

Mine brystvorter hævede smerteligt, min våde kusse ventede.

Hun var ikke vant til at vente.

Kontrol var ikke noget, jeg så let opgav.

Hun var spændt som en vibrerende streng, mens hun ventede på, at han skulle bevæge sig.

Hans bevægelser virkede bevidst langsomme, da han kom tilbage for at stå i nærheden.

Som om han var faldet til ro efter trangen til at tage mit tøj af.

Han talte ikke, men mumlede i stedet utydelige lyde af nydelse, mens han gled sine hænder over min hud.

Han udforskede mig, som om han kortlagde min topografi, og hans fingre fulgte hver dyk og kurve med intens koncentration.

Jeg stønnede og bøjede mine hofter, utålmodig efter at fingrene skulle bevæge sig sydpå.

Han ignorerede den insisterende bevægelse af mine hofter og fortsatte sin torturisk langsomme udforskning.

Da hans fingre gled ned ad kurven af min mave og børstede mod den elastiske kant af mine trusser, stønnede jeg.

"Ja".

Jeg troede, han ville grave dybere og til sidst røre ved min fisse, men i stedet førte han sine hænder til mine hofter og vendte mig til at stå foran skrivebordet.

Hans fingre bevægede sig drillende hen over min røv og gled så ned til mine ankler og spredte mine ben længere fra hinanden.

Jeg var nødt til at læne mig frem for at få balance og hvile mine albuer på hans skrivebord.

Masserende hænder bevægede sig op ad mine lægge, talentfulde fingre gravede sig ind i musklen, indtil tiden blev næsten flydende.

Da han nåede mine knæ, bragte han sin mund i spil, slæbende våde kys hen over den følsomme kurve.

Jeg kunne ikke lade være med at svaje mine hofter, min krop bevægede sig uden at tænke, svajende af fornøjelse.

Jeg sukkede, mens hans tommelfingre gravede sig ind i mine muskler og beroligede knuderne og ømhederne.

Hvor hendes fingre gik, fulgte jeg hendes mund, kyssede, bed, slikkede og strøg til sidst hendes hagestubbe.

Da hans hænder strakte sig ud for at holde mig i bunden, ventede jeg, klar til at han tog mine trusser af.

Han gjorde det ikke.

I stedet gled hun tommelfingrene ind under den firkantede kant på de ungdommelige trusser og løftede dem op.

Han rykkede indtil stoffet gemte sig mellem mine balder og vuggede mod min våde slids og dunkende klit.

Jeg rejste mig med et gisp, da han trak i mine trusser med ødelæggende virkning.

Jeg kunne komme sådan her.

Jeg indså det, da den våde klud kærtegnede min klit.

Jeg bakkede tilbage og opfordrede ham til med mine gisp og støn.

"Ja. Ja," stønnede jeg, da jeg mærkede begyndelsen på en forestående orgasme.

Og han stoppede ved at slå mig på røven.

"Ikke endnu," sagde han, og jeg bed bogstaveligt talt trangen til at skrige tilbage og satte mine tænder smertefuldt ind i min underlæbe.

Han tog mine trusser af mig i én bevægelse.

Begge hans hænder tog fat i kanterne og trak dem hurtigt ned.

Han rørte ved mit ben, da trusserne, strakte sig til det yderste, nåede mine knæ.

Da jeg ikke bevægede mig hurtigt nok, rev han mine trusser i kile.

De to rester faldt på mine sko.

Jeg havde ikke tid til at protestere.

I det øjeblik min numse var bar, gled han mine ben længere ind og begravede sit ansigt i min numse.

Hans hænder gik hen til mine balder, med strakte fingre åbnede han dem yderligere.

Jeg skreg i chok i det øjeblik, hans tunge ramte min røv.

Små sving.

Jeg fandt mig selv ringe i takt med ham med hans tunge:

"Uh-uh-uh-uh..."

Følelsen var utrolig.

Jeg har aldrig følt noget lignende.

Jeg vuggede mod hans mund.

Mine hænder rakte ud og greb om bordet.

Papirerne gled under mine flagrende arme og krøllede sammen mellem mine fingre.

En hånd forlod min numse for at gå mellem mine ben.

Hans tommelfinger, jeg tror det var hans tommelfinger, kastede sig ned i min våde fisse og derefter ned til min klit.

Han kredsede om den hævede spids , mens hans tunge pressede mod min anus.

Jeg mærkede den stramme anus slappe af ved det insisterende tryk fra hans tunge.

Sprog.

Tommelfinger på min klit.

Jeg bukkede under

Min mund pressede sig mod træet.

Jeg græd med dyrelyde, uden ord, hvin og knurren.

"Uh, uh, uh, eeeeee", jeg mærkede min anus trække sig sammen på hans tunge.

Hans tommelfinger lavede et sidste strøg på min klit, og så dykkede hans fingre ned for at kaste sig ned i min kusse.

Jeg kørte orgasmen ind i hans hånd og trak den sammen i hans fingre.

Udmattet gled jeg fremad og tabte flere papirer på gulvet, da jeg faldt sammen til min overkrop på hans skrivebord.

Mens jeg lå sådan, strakt ud på hendes skrivebord, kom hun op bag mig.

Jeg mærkede trykket fra hans erektion puttede sig mellem mine balder.

Følelsen af hans hårde pik lige dér mindede mig om det væddemål, der endnu ikke er betalt, og jeg spændte.

KAPITEL VIII

Han førte en hånd ned ad min nu stive ryg, langs rygsøjlen.

"Slap af," sagde han, mens han bevægede sig langsomt op ad bulen af min rygsøjle.

Jeg kunne ikke slappe af.

Det eneste, jeg kunne tænke på, var størrelsen på hans pik og størrelsen på mit røvhul, som fik mig til at krybe.

Han lænede sig ind over mig med munden i bunden af min hals og mumlede:

"Okay. Jeg vil ikke såre dig. Jeg ville aldrig såre dig."

Jeg forblev stiv og talte ikke, mens hans hånd fortsatte med at kærtegne min ryg.

Jeg havde stadig min bh på.

Han stoppede ved remmene for at flytte låsen.

Da stropperne var løsnet, førte han sine hænder til mine skuldre, med et blidt klem løftede mig op på fødderne.

Han tog hårdt fat i mig og trak mig mod sig.

BH'en løsnede sig, da jeg satte mig op, og han bevægede sine hænder for at tage fat om mine bryster.

Hans tommelfingre løb hen over de hærdede spidser af mine brystvorter.

Han var stadig fuldt påklædt.

Hans bæltespænde føltes koldt mod min lænd.

Han vendte sine hofter mod mig og skubbede sin pik i langsomme cirkler mod min bund.

Spændingen, der greb min krop, aftog langsomt, da hans mund bevægede sig ned ad min hals.

"Så smukt," mumlede han.

Han rakte ned for at tage fat om min kusse, krøllede sine fingre mellem de våde læber og dyppede kort spidserne af to af sine fingre indeni.

Jeg stod på tæerne for at give ham mere adgang, lænede mig frem og stolede på, at han ville holde mig oppe.

"Ja," sagde han og klemte brystvorten på mit venstre bryst, og en utrolig fornemmelse strømmede gennem min krop.

"Bøj dig ned," sagde han, mens hans fingre forlod min fisse og satte sig på min lænd.

Han skubbede mig blidt frem, indtil mine hofter rørte ved kanten af skrivebordet.

Jeg slappede af og lod ham placere mig, hvor jeg havde brug for ham.

Jeg mærkede ham falde på knæ igen.

Hans hænder trak ned ad mine inderlår, indtil hans tommelfingre hvilede mod kløften på min fisse.

Han gled den ene tommelfinger og derefter den anden ind.

Jeg ventede på, at han skulle skubbe videre, men det gjorde han ikke, i stedet lod han sine våde tommelfingre glide mellem min røv og indgangen.

Han kredsede sine våde tommelfingre rundt om det følsomme hul.

Jeg skubbede tilbage, og trykket steg, indtil min tommelfinger gled ind i muskelringen.

Jeg gispede ved invasionen, men protesterede ikke.

Han spillede, skubbede den ene og så den anden tommelfinger ind.

Jeg ville have mere, meget mere.

Det flygtige pres var ikke nok.

Jeg ville være mæt.

Jeg begyndte at tale, "Jeremy for...", og så gispede jeg.

"Hvilken skat, hvad vil du have?"

Jeg svarede ikke.

Jeg førte min arm, hvor min pande havde hvilet, til min mund og bed i kødet.

Han fortsatte de drillende små stød ind i min anus.

Jeg skubbede tilbage, min krop bad om mere.

"Sig det," sagde han, og jeg vidste, at han ikke ville give mig mere, hvis han ikke sagde ordene.

Jeg gjorde modstand og gyngede fremad.

Mit skamben ramte kanten af skrivebordet, og jeg indså, at hvis jeg trak mig lidt, kunne jeg klare det.

Jeg bevægede mine hofter, men han, som om han fornemmede min plan, tog fat i mine hofter og tvang mig til at blive stille.

I samme øjeblik sænkede han hovedet mellem mine lår og lænede sig ind for at tage et langt sug på min slids.

Jeg knurrede, og da hans tunge fortsatte med at vende tilbage til min røv, gispede jeg.

Hans mund slap af min røv, og jeg rokkede mine hofter tilbage for at han kunne fortsætte.

Han tog fat i mig igen og sagde:

"Fortæl mig".

Jeg lod min krop skrige, mens mit sind stadig nægtede.

Han rejste sig, og jeg løftede mit hoved fra skrivebordet og kiggede mig over skulderen.

Han havde beklædt sin pik i et kondom på et tidspunkt, hans bukser var åbne på hofterne, og hans latexdækkede pik guppede tykt og hårdt.

Jeg så med store øjne, mens han strøg sine glatte hænder over sin erektion.

Med ordene fanget i min hals, rakte han frem og pressede det brede, glatte hoved af sin penis mod min anus.

Han rokkede med hofterne og skubbede spidsen en smule ind i min bund.

Jeg ventede på strækket, springet, men han rørte sig ikke mere.

Jeg kiggede op på ham og mødte beslutsomme blå øjne.

"Sig mig venligst," pustede jeg, "elsker du mig?"

"Fuck yeah," knurrede han, "jeg vil kneppe din stædige røv."

Det var nok.

Nok til at jeg gav efter.

"Tag den. Tag den tak, Jeremy, tag mig."

Han vuggede fremad, langsomt, meget langsomt, og skubbede hans pikhoved ind i min røv.

Jeg gispede i processen.

I kløen

Hun var ved at sige ikke mere til ham, da hun med et glat knald gled gennem den stramme muskelring og lindrede smerten.

Han rakte en hånd ud på min lænd, mens han vuggede indeni mig.

Jeg nød følelsen af mæthed, overrasket over hvor godt det føltes.

Jeg var ved at vænne mig til den langsomme vuggende fornemmelse, da han tog fat i mine hofter og begyndte at støde.

Han skubbede sin fulde længde ind og ud af mig.

Hans bæltespænde klikkede, hver gang han nåede bunden.

Hvert stød bragte roden af min klitoris mod skrivebordet.

Jeg mærkede en stigende orgasme.

Jeg klemte mig af forventning og hørte hende stønne, mens hun gjorde det.

Han gjorde det igen.

Med hvert stød klemte jeg min røv hårdt rundt om hans pik bare for at høre ham stønne.

Han slog mig hårdt, jeg var så opsat på at time mine greb med hans stød, at orgasmen kom over mig næsten uden varsel.

Jeg gispede, lænede mig tilbage og mærkede den mærkelige og overraskende fornemmelse af min numse knibe i orgasme omkring hans pik.

Han gryntede, stødte og stoppede, mens mine muskler rystede rundt om hans længde.

Da min orgasme aftog, begyndte det igen.

Ingen rytme skubbet.

Forbandet kort og så lang.

Dybt og derefter lavvandet.

Indtil han med et stønende støn råbte:

"Jeg kommer!"

Han faldt sammen oven på mig og pressede mig mod skrivebordet.

Han sprøjtede kys langs min nakke og skulderblad og stoppede en gang i mellem for at slikke sveden fra min hud.

Jeg blev stille og nød vægten af ham på mig.

Jeg stod der ved skrivebordet, nøgen og spredte ben, da han rejste sig, tog kondomet op og rettede sit tøj på.

Det var først, da han sad ved sit skrivebord, at jeg endelig rejste mig.

Jeg havde et stykke papir tapet til mit venstre bryst.

Det var gået fra det sublime til det latterlige.

Jeg tog den af, rakte ham den og sagde:

"Jeg håber ikke, det er vigtigt."

Han tog det fra mig med et smil.

Først søgte jeg efter mine trusser og indså, at de var i to dele, tog jeg bare min fladtrykte nederdel på.

Lynlåsen gik kun halvt op, knækket i toppen.

Min skjorte var heller ikke god, to knapper manglede og den hang åben foran mine bryster.

Mens jeg så på, hvordan mit katastrofale outfit var blevet til, havde Jeremy rejst sig fra sit skrivebord og hentet sin jakkesæt.

Han rakte den til mig, og jeg tog den på.

Det kom ned til midt på låret og dækkede det meste af skaden.

Mens jeg smøgede mine for lange ærmer op, satte Jeremy sig tilbage ved skrivebordet over for mig.

"Så," sagde han og så pludselig ikke så sikker ud på sig selv.

"Så," sagde jeg igen.

"Jeg vil ikke vente ti måneder mere på det her."

Min mund faldt lidt.

Jeg lukkede den og prøvede at finde en måde at svare på.

"Nancy, min kære, du er den mest stædige, klodsede kvinde, jeg nogensinde har mødt."

Vred, jeg fandt nemt ord til at svare på det!

Jeg åbnede min mund for at spytte noget hjemlig sandhed ud om ham, da han stillede hånden ud og lagde en finger på mine læber.

"Du elsker mig. Jeg elsker dig. For helvede, jeg indrømmer det! Mere end at elske dig. Jeg kan lide dig. Hver stædighed hos dig. Lad os prøve."

Da han sagde ordene, vidste jeg, at det var det, jeg ville.

Hvad jeg virkelig ville.

"Virkelig? Du er seriøs," hviskede jeg.

"Du satser på din søde røv," sagde han og trak mig frem for at tage min mund i et lidenskabeligt smeltende kys.

"Ja," mumlede jeg mod hans læber.

"Du genkendte ham endelig," sagde han og kyssede mig hårdt endnu en gang.

ENDE